KB008478

선우**명수필선** 40

왕거미집을 보면서

국립중앙도서관 출판예정도서목록(CIP)

왕거미집을 보면서 : 임병식 수필선 / 지은이: 임병식. ——
서울 : 선우미디어, 2017
        p. ;   cm. —— (선우명수필선 ; 40)
"임병식 연보" 수록
ISBN   978-89-5658-494-2 04810 : ₩5000
ISBN   978-89-87771-09-0 (세트) 04810
한국 현대 수필[韓國現代隨筆]
814.7—KDC6
895.745—DDC23   CIP2017002616

선우명수필선·40

왕거미집을 보면서

1판1쇄   2017년 2월 15일
지은이   임병식
발행인   이선우
펴낸곳   도서출판 선우미디어

등록 1997. 8. 7 제 305-2014-000020호
02643 서울특별시 동대문구 장한로12길 40. 101동 203호
(장안동 우성3차아파트)
☎ 2272-3351, 3352 팩스: 2272-5540
sunwoome@hanmail.net
Printed in Korea ⓒ 2017. 임병식

값 5,000원

※ 잘못된 책은 바꿔 드립니다.
※ 저자와의 협의하여 인지 생략합니다.

ISBN 978 89-5658-494-2 04810
ISBN 978-89-5658-188-6(세트)

선우명수필선 40

왕거미집을 보면서

임병식 수필선

선우미디어

머리말

　다른 작가들의 수필선집을 받아들면 늘 부러웠다. 자신의 작품 중 30편 정도를 묶어서 펴낸 선집은 그만큼 무게감도 있고 수준도 높았다. 나도 언제 그런 대열에 낄 수 있을까.

　문고판 수필선집을 펴내는 곳은 선우미디어, 자유에세이, 교음사, 좋은수필사, 범우사 등이 있는데 문명을 얻은 작가들 중에는 몇 군데나 얼굴을 내민 분도 있다. 그것을 보면서 일단 어느 정도의 경지에 오르면 대접을 받는다고 생각하면서도 그 높이와 격차가 커 보여 내게는 늘 부러움의 대상이었다.

　그런데 내게도 그런 차례가 돌아올 줄이야. 편집자로부터 "작품을 선별하여 보내세요."라는 전화를 받았을 때 꿈인가 생시인가 했다. 나는 수필쓰기를 시작한 그때나 지금이나 수필은 사람 따로 글 따로가 아니라는 생각을 견지하고 있다. 그래서 글을 쓰면서 무엇보다도 진솔함을 담아내는 데에 제일의 가치를 두고 있다.

그런 까닭에 현학을 좇고 기교를 선호하는 사람이 내 글을 대하면 다소 밍밍할 수도 있을 것이다. 따라서 내 작품을 읽을 때는 한 인간으로서의 작가가 어떻게 살아 왔는가를 보는 한편으로 미향이나마 행간에 감춰둔 문학성도 함께 느꼈으면 한다.

2017. 1.

임병식

차례

1부

쟁기

방패연

유년시절을 돌아보면, 높은 하늘에 새털구름이 뜨고 이마에 적당히 차가운 한기가 느껴지던 때가 잊혀 지지 않는다. 이때는 대충 12월 초순으로 들판에 나가 뛰어놀기에 좋았다. 들판은 그야말로 너른 놀이마당이었던 것이다. 시야가 탁 트인 곳에서는 주로 연날리기를 하였다. 들녘의 보리밭은 밟아줄수록 좋다는 말이 있어서 누구 한 사람 나무라는 사람이 없는 것도 큰 매력이었다.

비록 곤궁하게 살면서 입성은 허수하고 준비한 연실은 무명실로서 그리 튼튼한 것을 준비하지 못했지만, 연만큼은 듬직한 방패연을 만들었다. 그것을 가지고 들녘에 나와 서편에서 불어오는 하늬바람을 등지고 언 손을 호호 불어가며 연을 날렸다. 연날리기는 얼레실을 풀고 당기는데 묘미가 있다. 그러면 연은 자연히 탄력을 받아 높이 날기 시작하는데 그런 때면 마음까지도 높이 떠서 나는 기분이 되었다. 그렇게 둥실 떠오른 연은 마치 큰 새처럼 창공에서 춤을 추었다.

연날리기는 전파력이 강했다. 누가 날린 연이 공중에 떠

있는 것을 보면 또래 친구들은 누구랄 것 없이 몰려나와 함께 어울렸다. 땅에서는 친구들이 하늘에서는 연들이 무리를 지었다.

연은 크기에 따라 다르지만 날리는 요령에 따라서도 높이가 달랐다. 그러자면 요령이 필요하다. 나는 비교적 연을 잘 날렸다. 비법은 연실을 적당히 당겨주고 풀어줌에 있다. 이것을 잘하는 것이 관건이다. 이를 터득하지 못하면 제아무리 좋은 연을 가지고 있어도 제대로 높이 띄울 수가 없다. 당겨주어야 할 때 당기지 않으면 그대로 스르르 내려앉고, 풀어주어야 할 때 풀어주지 않으면 뱅글뱅글 돌다가 종래는 땅바닥에 처박히는 것이다. 나는 요령을 알아서 얼레실이 다 풀려 망곳살이 드러날 정도가 되도록 연을 하늘 높이 날렸다.

이 뿐만 아니다. 나는 연도 비교적 잘 만들었다. 다른 공작 솜씨는 신통치 않은데 비하여 연 만드는 솜씨는 그렇지 않았다. 그리고 하나 더 말한다면 팽이 깎는 기술도 제법 있는 편이었다. 이것도 연을 만들 때처럼 노하우가 필요하다. 무작정 깎는다고 되는 것이 아니고 균형과 재질 특성도 감안해야 하는 것이다. 즉, 옹이나 매듭이 있으면 되도록 그것이 아래쪽으로 향하도록 깎아야 한다. 그래야만 무게 중심이 아래로 향하게 되어 균형을 잘 잡고 넘어지지 않는 것이다. 그런 팽이 꽁무니에다 나는 구슬까지 박아서 완성했다. 그렇게 해두면 뒤란을 두 바퀴씩이나 돌아도 넘어지지 않고 끄떡없이 버텨주었다.

팽이가 쇠 구슬 덕분에 잘 돈다면 방패연의 부양력은 방구멍의 조정에 있다. 그밖에도 준비한 대오리를 잘 엮고 활의 굽기를 조절하고 연줄의 각도를 잘 맞추어야 한다. 거기다 튼튼한 연실도 준비해야 한다. 그렇다고 내가 처음부터 방패연을 잘 만든 건 아니었다. 초등학교 저학년 때는 여느 아이들처럼 가오리연을 만들어 날렸다. 비료포대 속지를 뜯어내어 만들다가 나중에는 한지를 사용했다. 당시 그런 연을 만드느라 한지 서적을 훼손하는 바람에 아버지로부터 호된 꾸중을 들었던 기억이 생생하다.

그러던 어느 날이었다. 내게는 실로 엄청난 기회가 찾아왔다. 마침내 방패연을 만들어 볼 호기를 잡은 것이다. 이웃마을에 심부름을 다녀오는 길인데, 머리 위에서 웬 실오라기가 떠서 너울대는 게 보였다. 해서 무엇일까 하고 살피니 머리 저 위에서 방패연이 보이는 게 아닌가. 그것은 대책 없이 갈팡질팡하며 속절없이 떨어져 내리고 있는 것이었다. 누군가가 그만 연실을 놓치고 만 것 같았다. 나는 연을 보는 순간 붙잡아야 한다는 생각이 들어 그걸 따라서 내닫기 시작했다.

그런데 연은 안타깝게도 손에 잡히지 않고 그만 개울에 처박히고 말았다. 아쉬웠다. 그러나 나는 비록 못쓰게 된 연일망정 그것을 보고 얻은 소득이 있었다. 형태와 구조를 자세히 살필 수 있었던 것이다. 전에는 만들어 보고 싶어도 어떻게 만드는지를 몰라 시도를 못했는데 실물을 보니 터득할 수가 있었다. 나는 이를 바탕으로 곧바로 방패연 만들기에 착수했다. 그 연의 크기대로 창호지를 반절지로 자른 다음 활에는 소리가 나도록 풍지를 붙이고, 꽁무니에는 커다란 수술을 매달았다. 그리고 연실도 여느 때보다 두 겹으로 튼튼하게 준비했다.

그렇게 만든 연은 성공적이었다. 균형도 잘 잡히고 조종하는데 따라서 높이도 높게 떠올랐던 것이다. 점잖은 품이 예전에 촐싹대던 가오리연에 비교 할 바가 아니었다.

한데, 그 연이, 어느 날 돌발 사태를 맞고 말았다. 갑자기 불어오는 돌개바람에 그만 마을 앞 당산나무에 걸리고 만 것이다. 연은 얼마나 심하게 곤두박질쳐 박혔는지 아무리 끌어 당겨도 꿈쩍하지 않았다. 해서 하는 수 없이 포기하는 심정으로 실이나 수습하려고 힘껏 잡아당기니 이번에는 그 실마저도 중간에서 뚝 끊어져 버리는 게 아닌가. 그렇게 걸린 연은 근 3,4년 동안을 목에 걸린 생선가시처럼 나무에 걸린 채 매달려 있었다.

지금도 나는 가끔 연을 날리던 때를 떠올리곤 한다. 그때는 연을 날리며 비교적 상황에 따라 풀어줌과 당기는 지혜를 응용할 줄 알았는데, 그러나 살아오면서는 그런 지혜를 발휘하지 못하여 어려움을 많이 겪었다. 주로 처세와 경제적인 대처방법에서였다. 늦줄을 주어야 할 때 주지 못하고 오히려 당기거나, 당겨야 할 때 늦줄을 주는 어리석음을 되풀이했던 것이다. 그래서 그 시절 연날리기를 생각하면 그런 법칙 하나를 응용하지 못한 것이 많이 후회된다.

(2005.)

삼베 이야기

'땀 서 말 눈물 서 말'이라는 말이 있는데 씨줄 날줄로 엮어서 베를 짜는 일을 이른다. 베틀에 앉아 베 한 필을 짜내기 까지가 그만큼 힘들다는 말이다. 이런 작업을 예전 우리 마을에서는 많이 했다. 삼 농사를 지었기 때문인데 재배농가는 한 집 건너 한 집이 될 정도였다. 주업은 논농사였지만 그것으로는 소득이 부족하여 부업으로 삼 재배에 나섰다.

삼은 가꾸어 원재료 상태로 내다팔기도 했지만 베를 짜거나 그렇지 않으면 중간형태의 타래실을 만들어서 팔기도 했다. 부가가치를 높여 소득을 올리자는 뜻이었다. 삼베는 누가 봐도 거친 옷감에 속한다. 보온성이 떨어질 뿐 아니라 착용감도 썩 좋지 않다. 그렇지만 얼마나 귀한 옷감이었던가. 만약에 서민에게 이 옷감이 없었다면 헐벗음을 면치 못했을 것이다.

그런데 삼 재배에 이어 삼우당 문익점 선생이 중국에서 목화씨앗을 들여 온 후 의복과 이불 문제가 해결되었다. 몰론 그 이전에도 누에를 쳐서 명주실을 얻고 야생 모시에서 옷감을 얻었지만, 그것은 지체 높은 사람들이나 누린 혜택이었고 일반서민은 언감생심, 꿈도 꾸지 못한 것들이었다.

사람들이 삼베옷을 짜 입기 시작한 것은 대략 기원전 1세기 전이라고 한다. 1997년 광주광역시 신창동 저습지에서 고대인의 생활용품이 쏟아져 나왔는데 그중에는 마(麻)로 짠 천 조각이 있었다. 그래서 고증이 된 것인데 이 귀한 자료는 현재 광주국립박물관에 소장되어 있다.

삼베는 한때 고급 옷감이 아니라는 이유로 배척을 당하기도 했다. 그러다가 근자에 들어 장의용품으로 활용되면서 각광을 받고 있다. 망자에게 수의를 지어 입혔을 때, 시신에 달라붙지 않고 부식이 잘되기 때문에 선호한다. 생활형편이 나아지면서 전통 장법에 따르고자 하는 변화가 영향을 준 것이다.

내가 자랄 때만 해도 우리 마을에선 아이들 거의가 여름철에는 삼베옷을 입었다. 물론 그 시절에도 무명옷이 대종을 이뤘지만 삼베 고장이다 보니 많이 입고 살았다. 무명옷은 보온성은 높지만 더운 여름엔 흐르는 땀을 주체할 수가 없어서 상대적으로 공기가 잘 통하는 삼베옷을 많이 입은 것이다.

그런 추억 때문에 나는 매해 여름이면 삼베옷은 아니지만 그 사촌격인 모시옷을 입고 지낸다. 그러면서 먼 곳이 아닌 가까운 곳―예컨대 밖에 쓰레기를 버리거나 슈퍼에 물건을 사려갈 적에는 거리낌 없이 입고서 다녀오기도 한다. 당초에 외출복으로 지은 옷이니 흠될 것은 없다 해도 한동안 보관을 잘못한 탓에 두어 군데 탈색이 됐는데, 그렇더라도 남의 시선을 의식 않고 트레이닝복 대용으로 입고 지내는 것이다.

이런 옷을 입고 있으면 옛날 생각이 많이 난다. 모시옷이야 옛날에는 어른들의 차지이고, 아이들은 무명옷이나 삼베옷을 입은지라 그 까칠했던 느낌과 정감을 잊을 수가 없어서다.

어렸을 적에 보면 우리 마을은 보리보다 삼을 더 많이 가꾸었다. 50년대는 물론이고 60년대 초까지도 변함이 없었다. 그런지라 집집마다에는 베틀 하나씩 없는 집이 없고 삼다듬는 작업을 하면서 쓰는 부속물인 삼칼이나 끄싱개, 솔과 바디는 흔히 볼 수 있는 것이었다.

그만큼 삼 재배는 쌀농사 다음으로 중요시하던 농사였다. 그렇다보니 여름철은 온 동네에 삼 잎이 풍기는 알싸한 냄새로 진동하고, 어둑한 밤에 마을초입에 들어서노라면 대밭처럼 보이는 삼밭이 으스스해서 무섬증을 유발하기도 했다. 그렇지만 그 독특한 냄새는 마을이 가까워졌음을 알려주는 이정표 구실도 해주었다.

삼베 한 필은 스무 자(6.6미터)에 해당한다. 수많은 공정과 노동의 대가를 치러야만 얻어지는 수확물이다. 하지만 보상은 턱없이 적어도 매달리지 않을 수 없는 건 달리 마땅히 할 부업이 없었기 때문이다.

삼은 삼월 한식(寒食)무렵에 씨를 뿌려서 여름철 소서(小暑) 무렵에 수확한다. 이때는 거의 2미터 가까이 자라는데, 이를 베어 삶아서는 껍질을 벗기고, 물에 담가서 전지에 걸어 일일이 손톱으로 째는 작업을 거친다.

그런 후 허벅지에 올려놓고 손끝으로 비벼서 이어서는 이것을 햇볕에 말리고, 구들에 불을 지펴 띄운 다음, 베를 매게 된다. 이때는 묽게 쓴 풀에 치자 물을 풀어서 날고 그것을 다시 도투마리에 감아 올려 베를 짜게 된다.

전 단계 작업도 만만치 않다. 삼칼을 이용해 잎을 쳐낸 후, 삼굿에 넣고 쪄내게 되는데 그 불길을 지키는 작업도 쉽지가 않다. 가열되는 정도에 따라 적당히 물을 부어주어야 하는데 누구나 할 수 있는 일이 아니다. 자칫 물을 많이 부으면 삶아지지가 않고 물이 적으면 삼이 손상을 입기 때문이다.

이런 작업과정을 지켜보면 삶아지는 과정에서 독특한 냄새가 풍기면서 사람의 기분을 취하게 만드는데 지금 생각하면 그것이 규제 대상으로 삼고 있는 '마리화나'의 성분이 아니었나 싶다. 허나 당시에는 그것이 무슨 성분인지도 대부분 사람들은 몰랐다. 하지만 지금은 그런 환각을 일으키는 성분 때문에 재배 자체를 엄격히 관리하고 있다. 재배를 하려면 시장 군수의 허가를 받아야 하는 것이다.

삼베옷은 특히 농부들에게 사랑 받은 옷이었다. 아무리 폭염 속에서 땀을 많이 흘려도 살갗에 달라붙지 않아 착용감이 뛰어났기 때문이다. 해서 다산 선생 같은 분도 유배지에서 아들에게 편지하기를, "고운 비단으로 된 옷이야 조금 해지면 세상에서 볼품없는 것이 되어 버리지만, 떨떨하고 값싼 옷감으로 된 옷은 약간 해진다 해도 볼품이 없어지지 않는다." 했다.

나는 어려서 주로 어머니가 지어준 옷을 입고 지냈다. 그러나 어려서는 철이 없어 아무 이상이 없는 옷이었지만 입기를 싫어해서 공연히 주머니가 크다느니 작다느니 하면서 투정을 부렸다. 생각하면 참으로 철딱서니 없는 짓이었다. 당신은 힘든 수고를 마다않고 옷을 만들어 주셨는데, 어깃장만 놓았으니 얼마나 속을 상하셨을까.

당시 우리 집에서는 구형베틀이 아닌 잉아를 걸어서 줄을 당기면 북실이 자동으로 움직이는 기계 베틀을 사용했다. 그런지라 어머니는 다른 사람보다 갑절이나 많은 베를 짜냈다. 그러나 세월이 많이 흐른 지금은 그 베틀도 사라지고, 10여 년 전까지 먼지 끼어 굴러다니던 바디며, 북통도 없어졌다. 그래서인지 그것을 그려보는 마음이 늘 애틋하기만 하다.

(2004.)

왕거미집을 보면서

왕거미집을 보면 또 다른 정치망업자(定置網業者)라는 생각이 든다. 정치망어업은 건착선처럼 이리저리 옮겨 다니며 조업을 하지 않고 한곳에 정착하여 물고기를 잡는 어로형태를 이른다. 그렇지만 이것은 물고기를 한곳으로 몰아넣어 갇힌 고기를 자루형태로 끌어내는 낭장망과는 달리 선망형태로 그물에 걸린 고기를 잡는 것이 보통이다.

그런데 왕거미도 다르지 않다. 나무와 나무 사이에 커다란 방사형 그물을 짜서 쳐놓고는 걸려드는 먹이를 사냥하는 것이다.

엊그제 본 광경이다. 꺾꽂이를 해둔 개나리가 잘 자라는지 살피려고 갔더니 두 감나무 사이에 짚방석만한 거미줄이 쳐져 있었다. 아직은 걸린 곤충이 없고, 윤기가 번드레한 것으로 보아 최근에 쳐놓은 것이 분명했다.

일정한 간격으로 잘 균형을 이룬 것이 예사로운 솜씨로 느껴지지 않았다. 언제 저것을 쳐놓았을까. 그것을 보면서 당연히 처음에는 어떻게 어디서부터 시작했는지 의문을 갖는 것이 보통이겠으나, 나는 그 점에 대해서는 의아한 생각은 하지 않았다.

　처음에 어떻게 시작했는지를 알기 때문이다. 모르는 사람들은 거미가 집을 지을 때 막연히 나무와 나무 사이를 기어오르며 시작하는 줄 안다. 또 그렇게 쓴 글도 여러 편 보았다. 누가 어디에 발표를 하거나 알려주지 않으니 막연히 그렇게 믿고 있는 것이다.

　하기는 어쩌다가 한 번씩 그렇게 할지도 모른다. 그런데 내가 목격한 바에 의하면 거미는 결코 그렇게 하지 않았다. 바람을 이용하여 그 바람에 몸을 실어 방적돌기에서 실을 뽑으면서 다른 나무로 훌쩍 옮겨갔던 것이다. 그러면서 그 뽑어낸 실을 당겨서 거치대에 묶고서는 집을 짜나가기 시작했다.

　그것을 본 것은 실로 우연한 기회였다. 어렸을 적인데, 그날따라 바람이 세차게 불었다. 흔들리는 울타리의 대나무를 보고 있는데 어떤 비행물체가 휙 하니 바라보는 시야를 순간적으로 가렸다. 어, 하고 눈을 깜박이면서 다시 한 번 쳐다보았다.

　그런데 이때 사선을 그으며 사라진 물체가 눈에 들어왔다. 커다란 왕거미였다. 그런 왕거미는 엉금엉금 나무를 타고 올랐다. 몸을 날릴 때 대각선으로 떨어진 것이 분명했는데 일직선으로 균형을 맞추기 위한 동작 같았다.

　그때 이를 보고서 나무와 나무 사이에 줄을 매다는 수법을 알아낸 것이다. 그야말로 운이 좋은 목격담으로 순간포

착을 한 것이었다.

거미줄은 뽑아내는 실의 성분이 쓰임에 따라 각각 다르다고 한다. 기초작업에 해당하는 거치하는 실은 크게 뽑고 가로와 세로의 실도 끈끈이가 있는 것과 없는 것으로 구분을 짓는다고 한다. 그러면서 집짓기 작업을 하면서는 몸에 달라붙지 않는 실을 타고 다니면서 한다는 것이다.

이밖에도 거미는 특징이 많다. 다른 곤충이 머리와 가슴 배로 이루어진데 반하여 이 녀석은 머리와 몸통으로만 이어져 있다. 그래서 곤충으로 분류가 되지 않는다. 먹이는 잡식성으로 잡히면 먹지 못하는 것이 없다. 무서운 포식자인 셈이다.

한데 이놈에게도 천적이 있으니 다른 조류에게 먹히고 살지만, 특히 공작은 이놈을 좋아해서 옛날에 중국에서 보내온 공작이 먹이를 먹지 않아 전전긍긍하던 차에 어느 대신 부인의 조언에 따라 이것을 먹이니 기력을 회복했다는 말도 전해온다.

왕거미집을 보고 있노라니 역시 큰 덩치만큼 대인답다는 생각이 든다. 몸이 알록달록한 호랑거미는 삼중망(三重網)을 쳐놓고 마치 '고데구리' 업자처럼 걸리는 족족 싹쓸이를 하는데 이것은 그리하지 않고 그야말로 거미줄이 정치망 그물코처럼 듬성듬성하다.

작은 것은 살려 보내고 먹이로 쓸 만한 것만 잡으려는 의도가 드러나 보인다. 하기는 널찍한 공간에 그물을 쳐두었으니 느긋하게 기다리면서 먹이 걱정은 하지 않아도 될 터이다.

그런 거미집을 보면서 세상에서 일어나는 눈살 찌푸려지는 일들과 견줘보게 된다. 요즈음은 어찌된 일인지 서민들이 개척한 업종이 장사가 좀 된다 싶으면 어김없이 기업가들이 끼어든다. 문어발 같은 가맹점을 내어 서민들이 애면글면 구축해 놓은 삶의 터전을 무자비하게 공략한다.

그러니 서민들은 아우성을 치면서 길바닥에 나앉게 되고 빚더미에 내몰리는 악순환이 거듭된다. 이게 과연 공정한 게임일까. 한심스러운 일이 아닐 수 없다.

비난받아 마땅한 일이다. 왜 덩치 큰 기업가들은 이런 왕거미에게서 먹이를 구하는 법을 배우지 못하는 것일까. 작은 것들은 또 다른 힘없는 것들이 먹이로 취하도록 왜 배려를 못하는가. 그런저런 생각에 회의가 들어 나는 그 큰 거미집에서 쉽게 시선을 거두지 못했다.

(2014.)

쟁기

아침 등산길에서 옛날처럼 소를 몰아 호리 쟁기질하는 광경을 목격했다. 일찍 시작했는지 그새 마른 논 두 이랑을 갈아엎고 세 번째 이랑에 접어들고 있었다. 곁에서 바라보니 쌓인 두둑이 정연한데, 물기가 축축하다.

"이랴, 이랴."

부리는 소는 힘이 넘치는데 농부는 연이어 다그친다. 그러니까 부리망을 쓴 소는 목을 길게 빼고서 눈을 크게 한번 희번덕이더니 '이래도 내가 더딘 거야' 하는 듯 잰걸음을 옮긴다. 그러니까 몸에 매달린 쟁기의 뱃대끈은 더욱 팽팽해지면서 속도가 빨라지며 상쾌한 마찰음을 낸다. 그때마다 보습 날에 떠 담긴 흙이 볏을 통해 물구나무서듯이 위로 치솟았다가 고꾸라져 뒤집힌다. 그런 쟁깃밥이 아주 볼만하다.

이 정도의 솜씨라면 소도 농부도 상머슴이지 싶다. 옛 사람들은 머슴이 갖추어야 할 덕목으로 쟁기질과 이엉 엮기, 멍석 만들기를 꼽았다. 물론, 힘이 바탕이 돼야 하므로 더러 들돌 들어올리기로 체력 측정도 했지만, 힘센 것만이 능

사는 아니었다. 오히려 그보다는 일의 선후를 가릴 줄 아는
지, 천기와 지기를 살필 줄 아는지 등의 능력이 중시되었
다.

　농촌에 살면서도 몸이 약해 일을 못하시는 아버지는 장
차 집안 농사를 내가 맡아 짓기를 바라셨다. 당신 슬하에
아들 셋이 있었으나, 장남은 장사합네 하고 외지로 나돌고
막내는 어린데다 머리가 좋아 농촌에 썩히기는 아깝고, 그
러니 성격 무던한 나를 지목하신 것이다. 아무튼 형편이 그
리되어 나는 어려서부터 재벌2세가 부모사업을 이어받기
위해 경영수업을 쌓듯, 일을 배워 나갔다.

　초등학교 저학년 때는 망태를 메고 산에 올라 솔방울을
줍거나, 마른나무 등걸을 주워 날랐으며, 고학년이 돼서는
소에게 먹일 꼴을 한 망태씩 해 나르기 시작했다. 그리고
좀 더 커서는 일요일이나 방학 때가 되면 머슴과 똑같이 들
일을 하였다.

　그런데 워낙에 태생이 굼뜬데다 왼손잡이인 나는 집에
있는 낫들이 하나같이 손에 익지를 않아 손가락을 베는 일
이 한두 번이 아니었고, 지게 또한 등에 붙지 않아 힘은 있
는데도, 남들처럼 많이 져나르지를 못했다. 그런 중에도 수
습은 계속 되었다. 그 대표적인 게 쟁기질이다. 같이 일은
자고로 시어미가 주권 넘기기 꺼리듯 젊은이에게 전수는
금기인데, 나는 아버지의 기대와 관심으로 하여 일찍이 실
습을 할 수 있었다. 한데, 이게 보통 어려운 일이 아니었다.

우선 부리는 사람이 시원찮아 그런지 소가 말을 잘 듣지 않았다. 마치 서툰 기수를 말이 거부하듯 손잡이를 바투 잡았는데도 바르게 가지를 않고 물주릿대를 벗어나 버리거나, 뒷발질을 해대며 심하게 반항을 하였다. 그래서 누군가가 옆에서 코뚜레를 잡아 주어야만 했다.

　뿐만 아니라, 보습 날을 조금만 숙여도 여지없이 땅에 박혀 버리고, 반대로 이번에는 조금 치켜들면 썰매처럼 땅바닥을 스르르 스치고 내달아 버리는 것이었다. 거기다가 쟁기에만 신경을 쓰는가, 눈은 항상 전방 10미터정도를 주시하고서 장애물이 있는지, 간격은 맞는지, 어디만큼에서 끝나는지 등을 살펴야 한다. 그러면서 갈리는 소리도 소홀히 들어 넘길 수가 없다. 암석에라도 부딪치면 큰일이기 때문이다. 그러나 조정만 잘되면 쟁기질만큼 재미있는 일도 없었다. 일에 몰두하다보면 시간은 어느새 훌쩍 지나가고, 갈아엎은 작업량이 하루의 성과를 그대로 보여주어서 뿌듯했다.

　쟁기의 명칭은 무기를 뜻하는 '잠개'가 변한 말이라고 한다. 차차로 변하여 잠기로 불리다가 장기라 했고 그것이 자금의 쟁기로 불리게 되었다는 것이다. 쟁기의 부분별 명칭은 재미있는 게 많다. 즉 손잡이는 자부지라 하고 멍에를 팽팽하게 당겨주는 줄은 봇줄이라고 한다. 그리고 손잡이 밑에 조금 불거져 나온 것은 잡촟이라고 하는데 이것은 방향을 바꾸기 위해 들어올릴 때 사용한다.

쟁기질은 마른 땅 일도 묘미가 있지만, 무논에서의 쟁기질은 한층 별스런 맛이 있다. 소가 앞정강이로 힘차게 물을 차면서 앞으로 나아갈 때 속살 뒤집어 놓은 그 지반 위를 밟고 지나가는 기분은 개척자의 기분이다. 뒤이어 폭포수 쏟아지듯 그 속으로 밀려드는 물의 동요, 그것은 하나의 활력이었다. 나는 그렇게 수많은 실수를 하면서 쟁기질을 익혔다.

그동안 조작 미숙으로 장애물에 받혀서 파손한 보습만도 두어 개가 된다. 그러나 아버지는 한번도 꾸중을 않으셨다. 이유는 아마도 힘든 농사일을 거역 않고 따라 배우려는 태도를 가상히 여긴 점도 있겠고, 다른 한편으로는 그러한 나의 부조로 인해 걸핏하면 꾀를 부려 골탕을 먹이는 머슴에 대하여 견제하는 성과를 거둔 때문일 수도 있다.

머슴은 그렇게 애를 먹이고 속을 썩였는데. 아버지는 머슴이 파장 내는 날이면 보란 듯이 그만큼의 밀린 일을 해놓도록 하여 그를 무안하게 만들어 놓곤 했다. 당시 집에서는 두 마리의 소를 기르고 있었다. 그런데 어느 날, 그중 한 마리의 소가 고삐를 풀고 나와 멍석에 펼쳐놓은 보리를 먹고 고창증으로 죽은 사고가 발생하였다.

그런데, 면사무소에서는 소를 부검도 하지 않고 무조건 땅에 매장하라 했다. 병명을 알 수 없으니 잡아먹어서는 안된다는 바람에 집에서는 한푼의 돈도 건지질 못하고 말았다. 그런데다 나머지 한 마리 소마저도 얼마 있다가 아버지

가 입원을 하시는 바람에 병원비 충당으로 팔아 없애고 말
았다. 그 아픈 사연을 안고 있는 그 시절 사용하던 쟁기가
지금도 시골집 허청 담 벽에 수십 년째 덩그마니 매달려 있
다. 그리고 한편, 그토록 농부가 되어 고향 땅을 지켜주길
바라던 나도 그 후 집을 박차고 도회로 나와 버려 무용지물
이 되어버린 것이다.

한데, 가끔은 쟁기질을 해보고 싶을 때가 있다. 마음이
우울하고 가슴이 답답할 때 생각이 나는데, 그렇게 소를 몰
고 나가 한바탕 쟁기질을 하노라면 왠지 가슴이 탁 트이고
거뜬해질 것만 같기 때문이다. 그러나 나는 농부도 아니 되
었고, 다른 일에 성공도 하지 못했다. 아버지는 지하에서,
일을 조련시킨 자식이 당신의 소원대로 농사꾼이 되신 것
으로 알고 계실까. 이 불효막급하기 짝이 없는 자식은 당신
이 물려주신 논마저도 이런저런 이유로 없애고 말았으니
얼굴을 들 면목조차 없다.

등산길에서 논갈이하는 소를 보고 한식경이나 눈을 떼지
못한 건 혹여 당신이 물려주신 전답을 지키지 못한 불효의
가책 때문은 아니었는지….

(2001.)

목화(木花)

여수의 도심 속에 섬처럼 떠있는 예암산 등성이에 시에서 목화밭을 조성해 놓았다. 그런 목화가 여름철에 연노랑 꽃을 피우더니 열매를 맺어 가을 초입에 들어서서 어느새 익어 쩍쩍 벌어지며 희디흰 솜덩이를 터뜨리고 있다. 그 정경이 일견 함박눈송이나 학의 무리가 내려앉은 듯 더없이 정겨워 보인다.

그것이 나이든 사람에게는 추억의 풍경을, 아이들에게는 신선한 볼거리를 제공하고 있다. 시당국의 아이디어가 빛나 보인다. 그걸 심을 생각을 하여 볼거리를 제공하다니 칭찬을 받을 만하다. 내 옛 고향에는, 한여름 폭염이 내려쬘 때면 울 옆에서는 무궁화가 꽃을 피우고 산자락 거친 사래밭에선 목화 꽃이 피었다. 5,60년대에 낯설지 않게 보던 광경이다.

한데 지금은 경제성이 없다는 이유로 퇴출되었다. 그래서 이제는 그런 광경을 찾아볼 수가 없고 대신에 이 계절, 도심에는 백일홍 꽃이나 팬지꽃, 줄지어 심어놓은 해바라기를 구경할 수 있을 뿐이다.

목화를 보니 생각나는 일이 있다. 몇 년 전 나는 목화가 그리워 씨를 구해와 심어본 적이 있다. 그러나 실패하고 말았다. 기대를 하고 기다려 보았으니 움이 트지 않았다. 대신에 함께 심은 누홍초만 싹을 틔워서 아쉬운 대로 그 여름을 감상하며 보냈다.

그러긴 했어도 나는 여전히 목화를 좋아하고 그리워하며 그 '목화'라는 이름에 한껏 매력을 느낀다. 사투리로는 '미영'이라고 불리는 것도 향수를 일깨워서일까, 나는 목화가 일년생이면서 왜 다년생 나무를 뜻하는 '목(木)' 자가 들어 있을까 하고 의문을 품은 적이 있다. 그런데 나중에 어떤 자료를 보고서 궁금증이 풀렸다.

동남아에선 자생하지 않지만 중동의 열대지방에는 키가 2미터도 더 높게 자라는 다년생 목본식물인 목화나무가 있다는 것이다.

목화 꽃은 아름답다. 그렇지만 전에는 꽃을 보기위해 심은 것은 아니었다. 솜을 얻는 것이 목적이었다. 이것으로 옷을 만들어 입고 이불을 만들었던 것이다. 목화는 두 번 피는 꽃이라고 한다. 한번은 실제로 소박한 꽃으로 피어나고 또 한 번은 구름송이 같은 탐스런 솜으로 피어나기에 그런 말이 붙어졌다.

목화를 생각하면 떠오른 사람이 있다. 문익점 선생과 또 한 사람 영조임금의 계비인 정순왕후이다. 고려 말 문익점 선생은 중국에 사신으로 갔다가 당시로는 반출을 엄격하게 통제되던 목화씨를 붓 대롱에 감추어서 들여왔다고 한다.

이것을 정천익이란 분이 3년 재배 끝에 성공을 거두어 널리 보급하게 되었다. 실을 잣는 기구는 문익점 선생이 전했다고 하여 문래(文來)라고 한 것이 그대로 정착된 말이란다.

정순왕후는 간택 시 영특함을 보인 일화로 유명하다. 규수들이 내어준 방석에 앉았다. 그런데 그녀만이 방석에 앉지를 않고 있었다. 영조임금이 그 이유를 물었다.

"어찌 아버님 함자가 적힌 방석에 앉을 수가 있겠습니까."

그 말도 기특했는데, 그 다음 질문에 대한 답은 더욱 이목을 끌게 했다. 무슨 꽃을 좋아하느냐는 물음에 목화 꽃이라고 했던 것이다.

"꽃도 아름답지만 사람을 따뜻하게 하는 솜을 생산하니 저는 목화 꽃이 좋습니다."

이 말에 혹하지 않을 사람이 있겠는가. 한데, 영조 이후 당쟁의 중심에는 늘 그녀가 있었음을 생각하면 그 간택이 정말 잘된 일이었는지 여부는 판단이 불가하고 역사의 아이러니가 아닐 수 없다.

고향의 여름철 산전에서는 목화 꽃이 많이 피었다. 기름진 땅보다는 물 빠짐이 잘되는 사질토를 좋아하여 그런 곳에다 많이 심었기 때문이었다. 그런 꽃은 대개 아침에 벙글었다가 이내 꽃술을 닫았다.

열매는 콩알 만하게 맺기 시작하여 차차로 커져서 호두 알 크기가 된다. 이것을 따서 깨물어 보면 속에는 하얀 섬유질이 씹히면서 달착지근한 맛이 났다. 그래서 아이들이 다래서리를 하곤 했는데 그럴라 치면 어른들은 크게 나무랐다.

그것을 먹으면 눈에 무명씨가 박혀 장님이 된다고 겁을 주었다. 아마도 귀한 것이니 서리를 못하도록 하기 위한 방책이었을 것이다. 비슷한 예로써 한때 무궁화꽃을 보고 '눈애피(눈병)' 꽃이라며 겁을 주기도 했는데. 그것은 다분히 나라사랑하는 마음을 막으려는 일제의 잔재가 남아서 그랬지만, 다래를 못 따먹게 한 것은 농가소득과 직결되어서 그랬을 것이다.

나는 얼마 전에 목화와 관계된 귀한 자료를 하나 찾아냈다. 정조시대까지도 목화씨앗을 앗는 기계가 없었던지 다산 정약용 선생이 이런 자탄의 말을 했다는 것이다.

"연경에 가는 사신들은 백성에게 실용이 되는 것은 가져오지 않고 금방 닳아버리는 비단만 들여오기에 몰두한다."

그 말을 듣고 역관 이기양이 씨앗을 앗는 기계인 '박면교거(剝綿攪車)'를 중국으로부터 들여오게 되었다는 것이다. 이후로 예전에 한 사람이 백근의 면에서 씨앗을 빼내는데 20일이 걸리던 것이 단 하루면 해결되었다고 한다.

나는 이런저런 생각을 하면서 예전 아궁이에 목화대궁을 밀어 넣어 불을 지피던 일을 떠올려 본다. 목화대의 졸가지에는 가끔씩 열매가 달린 채로 남은 게 있었다. 그것을 땔라치면 '피쉬' 하고 김빠진 소리를 냈다.

다시는 그런 소리를 들을 수 없을 것이다. 이젠 나이를 먹기도 했지만 집단 목화재배단지도 볼 수도 없어서 체험하기가 쉽지 않기 때문이다.

(2015.)

굴뚝 연기

　해 질 녘이나 이른 아침, 초가지붕 위로 하늘하늘 피어오르는 굴뚝 연기는 얼마나 정겨운가. 또한 그런 지붕 위로 뻗어 오른 박 덩굴이 배꼽 내민 흰 박 덩이를 품고 있는 정경은 또 얼마나 그리운 정취인가. 5, 60년대 초가들이 옹기종기 모인 시골의 굴뚝에서는 냇내와 함께 가득히 연기가 피어올랐다. 솔가리나 볏짚을 지필 때는 그렇지 않았지만 청솔가지라도 태울 때는 검은 연기가 하늘을 뒤덮기도 했다. 연기의 색깔은 각각의 사연만큼이나 다르고 정한 또한 다를 수밖에 없었다.

　특히나 생솔이 타는 매캐한 연기는 차마 말을 못하고 가슴에 응어리를 담고 사는 마음의 표현에 다름 아니었다. 마치 먹물을 토해 내는 듯한 연기는 그렇게 끓어오르는 심사를 대변했다. 그런 집의 굴뚝연기는 마치 석탄차가 경사로를 오르며 뿜어내는 검은 연기와 진배가 없었다. 아니 맵고 눈물 나게 하기는 그보다 더하면 더했지 결코 못하지 않았다.

　그러니 굴뚝은 사람 마음의 정한을 뿜어내는 분출구라고

나 할까. 굴뚝의 역사는 우리 주거문화의 발달사와 궤를 같이 한다. 중국문헌 〈구당서〉에 고구려인은 장갱(長坑)을 파고 불을 땐다는 말이 나오고, 홍명희가 쓴 '온돌과 백의'에는 온돌문화가 인조 때에 보편화되었다는 표현이 나온다. 이를 보면 굴뚝도 조선 중기에는 이미 정착이 되었음을 알 수 있다.

한데, 이 획기적인 온돌문화의 상징인 굴뚝이 초기에는 단지 연기의 출구로만 기능을 했다가 오늘날에는 부대 건축물로 당당히 미적 자리매김을 하고 있음을 본다. 옛날에 비해서 실로 상전벽해가 되었다고 할 만하다.

누구나 아는 일이지만 5, 60년대만 해도 우리나라의 대다수 가정집 굴뚝은 소박 단순했다. 미적인 것과는 거리가 멀고 단지 불길이 다른 곳으로 옮겨 붙지 않고 연돌로 잘 빠져나가는 것으로 족했다. 그렇다보니 모양들은 토방 쪽에 봉긋하게 흙더미를 쌓아 콧구멍처럼 뻐끔히 뚫어서 그 위에 삿갓을 걸쳐놓거나, 아니면 널빤지를 대충 이어붙이고 함석을 말아 세우는 정도가 고작이었다.

이러한 실정이었으니 조선말에 한국을 방문한 어느 영국인의 눈에는 무척 신비스럽게 보였던 모양이다. 그 영국인이 남긴 기록을 보면 이렇게 표현하고 있다. '코리아의 집들은 굴뚝이 신비하여 방의 불은 침상 밑에서 피우고 굴뚝은 땅에다 구멍을 뚫었더라.' 그런 형태는 어찌보면 굴뚝을 높게 하면 아니 되는 사정이 있었던 것으로 생각된다. 즉,

연기를 높이 피워 올리면 그만큼 노출되기 쉬우므로 숨기고자 하는 고육책이 아니었던가 싶은 것이다.

아무튼 굴뚝이 낮은 집에서 흰옷 입고 살자면 무척 불편했으리라는 생각이 든다. 그래서 그랬을까. 개화기에 발간된 독립신문을 보면 생활개선 차원에서 굴뚝개선을 중요과업 우선순위에 놓았던 것을 알 수 있다. 신문은 "조선 사람들이 사는 집들은 굴뚝이 아궁이와 마주한 까닭에 불을 때면 연기가 곧바로 굴뚝으로 빠져나가버려 땔감이 많이 들고, 처마 밑에 아가리를 벌리고 있어 불나기가 쉽다."고 기술하고 있다. 충분히 공감이 가고도 남는다.

내가 본 어렸을 적의 모습이다. 어머니는 신산한 살림살이에 속이 상하시면 일삼아 부엌에서 무릎세우고 생솔가지를 지피셨다. 옆에 마른 나무가 있는데도 일부러 연기를 피우셨다. 그러면서 눈물 반 울음 반을 하면서 훌쩍이며 눈물을 훔쳐내셨다. 그런 어느날이었다. 내가 다가가, "엄니 왜 그래." 하고 안타까워 어깨를 감쌌더니 "아무것도 아니다. 나가 놀아라." 하시는데 눈은 이미 충혈이 되어서 더는 말을 붙이기가 어려웠다.

그 무렵으로 생각된다. 나는 중학생으로는 마지막 기념이 되는 수학여행을 맞아 어머니에게 보내달라고 졸랐다. 그런데 "이런 소갈머리 없는 놈아, 니 아버지 병원비도 못 대는데, 가긴 어딜 간다고?" 하며 일언지하에 거절하셨다. 몹시 서운했다. 내가 가정형편을 몰라서가 아니다. 가고 싶어 하는 나를 설득하려면 좀 곰살궂게 "미안하다. 우리 집 형편이 이런데 어쩔거나. 니가 이해해다오." 하면 듣기라도 좋지 않겠는가.

한데, 달래주기는커녕 나무라기만 하다니. 마음이 상할 대로 상하였다. 거기다 한술 더 떠 담임선생님은 수학여행 가지 않는 학생은 학교에 나와서 운동장 잡초 뽑기를 해야 한다고 하니 더욱 울분이 났던 것이다. 얼마나 창피한 일인가 말이다. 내가 고집을 부린 데는 나름의 이유가 있었다. 자식이 그런 참담한 입장에 놓여있는 걸 좀 알아달라는 시위 성격이 있었는데, 내 마음을 몰라주고 소갈머리 없다고 나무라니 화가 더 치밀었던 것이다.

이렇게 지청구를 먹은 나는 등교고 뭐고 작파할 작정으로 당장 방으로 들어가 문을 걸어 잠가버렸다. 그리고 다시 뛰어 나와서는 소리 소문 없이 마을 뒤 대밭으로 들어가 버렸다. 생각할수록 서러웠다. 한데, 얼마나 있었을까. 마침내 해는 지고, 들일을 나간 사람들도 돌아올 무렵, 한식경 있으니 어머니와 누나가 번갈아 부르는 소리가 들려왔다. "병일아— 병일아."

하지만 뻔히 부르는 소리를 들으면서도 나는 꿈쩍도 하지 않았다. 오히려 '애를 좀 태워보시지' 하고 용심만 더 내었다. 그런데, 웬일인가. 우리 집을 내려다보니 갑자기 굴뚝에서 검은 연기가 피어오르고 있지 않은가. 순간 내 머릿속에는 어머니가 속상해 하시면 늘 두 다리 사이에 얼굴을 묻고 연기를 피우시던 모습이 어려 왔다. 나도 모르게 울컥 눈물이 솟았다. 그 연기가 어떤 연기인지 의미를 잘 아는 나는 더 버틸 용기를 잃고 제풀에 농성을 풀고 걸어 내려오지 않을 수가 없었다. 생각해 보니 어머닌들 어찌 돈 마련을 못해주신 게 마음 아프지 않으랴 싶었던 것이다.

굴뚝의 검은 연기. 그래서 그 연기는 내 어린 날의 기억을 떠올리게 하는 것 중에 가장 가슴 먹먹하게 하는 단상이다.

(2002.)

살아 있는 것들의 몸짓

최근 구형 스마트폰 배터리가 다되어 매장에 들러 새것으로 바꾸었더니, 작동법을 설명하던 직원이 "알람기능을 추가해 드릴까요?" 하고 말했다. 해서 나는 여러 기능이 많은 게 복잡하기도 하고, 믿는 구석이 있어서 "그만, 됐다."고 했다.

그리 대답한 것은 다른 뜻이 아니었다. 몇 개월 전부터 집에서는 앵무새 한 쌍을 키우고 있는데 이것이 들어오면서 변화가 생긴 것이다. 활기차게 움직이며 집안 분위기를 확 바꿔놓은 건 물론, 아침이면 우짖으며 어김없이 잠을 깨워놓는 것이다. 그걸 감안한 것이었다.

그런데 앵무새가 잘 울기는 하지만 그 울음소리는 칭찬할 만 한 게 못된다. 음성이 큰데다 곱지도 청아하지도 못하다. 그런데는 부리에 문제가 있지 않은가 싶다. 맹금류 특유의 매부리코모양을 하고 있는데 그 못생긴 주둥이만큼이나 음색이 탁하기 때문이다.

우짖는 소리는 금속성에 가까우며 찍찍거리는 양은 쥐를 닮았다. 그런데도 아침에 일찍 일어나 알람기능을 해주니

봐줄만 하다. 살아있다는 생동감이 활력을 불어넣어 주는 것이다.

이즘 들어 나는 일어나면 밖으로 나가 자전거를 탄다. 외곽에서 대략 한 시간 정도 해안도로를 돌고 나면 기분도 상쾌해지고 운동량도 하루의 목표로는 충분하다. 나는 근자에 몸무게가 많이 빠졌다. 40세를 전후하여 80kg을 유지하던 몸무게가 70kg로 떨어졌다.

이는 순전히 자전거를 탄 효과이다. 자전거 타기의 매력은 뭐니 뭐니 해도 시간이 금방 지나가는데 있다. 타는 것 자체가 재미가 있기 때문에 지루할 틈이 없다.

지금은 자연의 변화가 요동치는 때이다. 겨우내 움츠렸던 몸을 기지개라도 켜는 듯 수목들은 물을 자아올리기에 바쁘다. 일찍 피어나는 이파리들은 연두색에 가깝다. 이것이 오월을 지나 유월로 접어들면 제 소성대로 짙은 빛깔을 드러내며 무성해질 것이다.

자주 가는 외곽 공원에는 허브식물 로즈마리가 꽃술을 터트릴 준비를 하고 있다. 그 바람에 가까이 가면 향기에 묻어난다. 조금 있으면 개나리와 진달래가 만발하고 할미꽃과 민들레가 피어날 것이다. 거기다가 숱한 들꽃들도 한 무리로 어울릴 것이다.

나는 봄맞이를 준비하는 이것들을 보면서 가만히 말을 건넨다. 바라보면 이것들은 눈을 마주치고서 반기는 것 같다. 그것들은 저 홀로 자라며 의미 없이 피고 지는 것이 아니라 자연 순리에 따라 제 몫을 다하고 있다는 생각이 든다.

노변 공원에는 근간에 옮겨 심은 거목들이 몇 그루 있다. 옮겨 심은 지 얼마 되지 않았는지 아직은 지주목에 의지하고 있다. 이 나무들을 보노라면 어디서 옮겨져 왔는지 궁금해진다. 아마도 새 땅에서 자리를 잡으려면 몇 년은 부목신세를 져야할 것이다.

이 나무들을 보면서 나 또한 새로운 땅으로 이사 와서 자리 잡고 산 역사를 되짚어 본다. 내가 이 고장에 자리 잡은 지도 어언 40년이 흘렀다. 처음에는 나도 이 나무처럼 부목을 한 상태에서 적응기를 거쳤음을 떠올려 본다. 그때는 많이 어색하고 낯설기만 했다. 그런데 지금은 오히려 다른 곳이 낯설다.

그렇게 정착하여 가정을 이루고 낳은 자식들은 지금 둥지를 떠나 서울에서 살고 있다. 십수 년이 되어가지만 아직은 착근을 하고 있는 상태이다. 그렇지만 머잖아 나처럼 그곳 서울이 제2의 고향이 될 터이다.

오늘 아침에는 자전거를 타고 돌아오면서 의식적으로 내가 만났던 것들을 눈여겨 점검했다. 대충 손에 꼽을 수 있는 몇 개가 있다. 먼저 도로 청소를 하는 인부아저씨를 만난 일이다. 그는 내가 자전거를 타고 지나자 옆으로 비켜주었다. 그리고 횡단보도를 지날 때는 질주하던 자동차가 잠시 멈춰주었고, 나뭇가지에 앉았던 까치는 흠칫 놀라 자리를 고쳐 앉았다. 대신에 마주하지도 않았던 참새는 후루루 날아올랐다.

사람의 몸짓, 차량의 대응, 그리고 새들이 반응을 보였다. 내가 그곳을 지남으로 해서 벌어진 일들이었다. 그것을 보면서 나는 어찌 했던가. 인부아저씨를 만나서는 수고하신다는 인사말을 건넸고, 자동차에 대해서는 고맙다는 표시로 손을 들었고 까치와 참새에게는 '뭘 그리 무서워하냐' 하고 혼자 중얼거렸다.

이렇듯 알게 모르게 서로 영향을 주고받았던 것이다. 그러니까 나는 이렇듯 알게 모르게 살아 움직이며 살아가고 있음이다. 숨 쉬고 산다는 것. 새삼 생명의 존귀함을 느끼는 순간들이 아닌가 한다.

(2015.)

고개 이야기

추억을 불러일으키는 것에는 개인사의 잊지 못할 사연도 있지만 누구나 공유하는 자연물도 있다. 그것들이 어떤 인상에 깊숙이 박히게 되면 잊혀지지 않는다. 일전에 옛 은사님이 부쳐온 당신의 수상집을 읽다가 어느 대목에서 나는 '아' 하고 감탄하고 말았다. 바로 내가 공유한 추억이 그 속에 서술되어 있었던 것이다. 바로 예전 등하교시에 산을 넘어 다니며 늑대를 보았다는 내용이다.

나는 그 대목을 읽으면서 흥분하고 말았다. 마치 찾고 있던 증언자를 만나는 기분이 들었다. 여기서 늑대 이야기를 만날 줄이야. 사람은 어떤 중요 사실에 대하여 혼자서는 증명하기 어려운 경우가 생긴다. 의문을 제기할 경우 증명해 보이기 어렵기 때문이다. 그렇지만 제 3자가 증언에 나서면 확정력을 갖게 된다. 한데 은사님이 바로 그 목격담을 전해주는 것이어서 여간 반가운 것이 아니었다.

그것은 다른 것 때문이 아니다. 나는 전에 어느 작품에다 옛날 고향에서 만난 늑대이야기를 언급한 적이 있다. 그런데 어느 누구도 그걸 믿으려 하는 사람이 없었다. 태백산이나 지리산처럼 큰 산 밑에서 사는 것도 아니다 보니 "그게 어디 사실이겠어." 하는 반신반의의 태도가 역력했다. 그래서 답답하기도 했는데 은사님이 글 속에서 분명하게 증언을 해주니 한때나마 가진 답답함이 씻겨지는 기분이었다.

그 늑대 출현의 진술은 고향의 고개이야기를 풀어나가는 대목에서 언급하고 있었다. 우리 고장의 지형지세는 외지로 나가는 교통로로서 그중에 읍내로 향하는 고개는 모두 네 곳이 있다. 아랫녘에서 위쪽으로 향하게 되는 고개들인데, 동편으로부터 치면 첫째가 기러기고개이다. 통상적으로는 '그럭재'라고 불렀는데 한두 음절이라도 줄이다보니 변형된 이름이다.

두 번째는 바람재라고도 하는 풍치재(風峙)가 있고, 다음으로는 원이름이 백인재인 '백이재'가 있다. 이곳은 풍치와 함께 중앙부분에 속한다. 그리고 외따른 서편 가장자리에는 봇재가 있다. 주변에 영천저수지가 있어 작은 성 보(堡)를 따왔다는 말이 있다. 하나 이 고개는 어렸을 적 내가 다니던 생활반경과는 동떨어져 걸어서 넘어본 기억은 없는 고개이다.

그렇다보니 당연히 추억이 서린 곳은 이들 세 곳의 고개들이다. 고개는 무엇인가. 산이나 언덕을 넘어 다니도록 나 있는 길을 이른다. 시간 단축을 위해 나있는 길이다보니 경사로를 피할 수 없고 위험이 도사리는 곳이 많다.

고향의 고개들도 위험구간이 많은 편이다. 그것은 근원적으로 뻗어 내린 노령산맥의 지맥이 남쪽과 북쪽을 갈라 표고차를 많이 나타내기 때문인데, 오르자면 상당한 기력을 소모해야 한다. 한데 늑대는 늘 6,7부 능선을 오르내렸다.

내가 이 녀석들과 자주 조우한 것은 초등학교를 마치고 읍내로 진학하면서부터였다. 바로 내가 사는 마을 뒤가 바람재인데 그곳을 넘어 다녔던 것이다. 녀석들이 자주 출몰하니 등하교 시에는 진풍경이 벌어졌다. 모두 제각기 죽창을 마련하여 들고서 다니지 않으면 아니 되었던 것이다. 그것은 호신용이긴 했지만 일종의 시위용품이었다. 내가 죽창을 들고 있으니 알아서 피해 가라는 신호였다.

그것을 가지고 고개를 넘은 후에는 적당한 곳에 감춰두었다. 읍내까지 가지고 가면 남들 눈에도 이상하게 보일 우려가 있을 뿐 아니라 불편하기도 했기 때문이다.

그런 죽창을 손에 든 건 누구의 강권에 의한 것이 아니었다. 스스로 알아서 지참을 했다. 그즈음 늑대로 인한 피해를 보았다는 사람은 없었지만 녀석들은 부녀자나 어린이는 무시하거나 위력을 과시하여 기겁하게 만들었다.

이런 녀석에 대비하여 우리는 대나무 매듭이 다섯이나 일곱 개의 죽창을 준비했다. 대충 어깨높이에 해당하는 크기였다. 마치 무사와도 같았지만 하나 늑대들은 예닐곱 마리가 함께 이동하면서 전혀 주눅 들지 않고 꼬리를 끌고서 어슬렁거리며 지나갔다.

고갯길을 가다보면 늑대만 마주 친 것이 아니었다. 가끔은 여우도 목격했다. 놈을 보게 된 것은 어떤 사람이 죽어서 지개송장으로 무덤을 지은 뒤였다. 가난한 나머지 관을 마련하지 못하고 이불에 말아서 장례를 치른 사람인데 얼마 후 그 무덤에 구멍이 뚫렸다. 그곳으로는 옷가지가 삐쭈룩이 삐어져 나와 있었다. 여우가 시체를 훼손한 것이 분명했다.

한데, 이들 무리는 내가 바람재를 넘어 다닐 때 처음 보게 된 것이 아니고 이미 10여 년에 활동을 하고 있었던 것이 분명하다. 바로 멀리 떨어지지 않는 백이재에서 보았다고 했으니 말이다.

녀석의 동태를 목격했다는 백이재는 서편에서 동편으로 흐르는 호남정맥이 굽이쳐 흐르는 중앙지점에 위치한다. 높이는 해발 400미터 남짓에 불과하나 남쪽에서 오를 때는 매우 가파른 지대이다. 봉화산이 있는 고개로서 예로부터 군사적 전략지로 봉화대가 설치되었던 곳이기도 하다.

이곳 지명과 관련해서 재미있는 전설이 전해온다. 옛날에는 이곳이 어찌나 숲이 울창하고 산짐승들이 많이 살던지 한둘이서는 감히 재를 넘기 어려웠단다. 그래서 한 100명쯤 함께 넘어야 한다는 뜻에서 백인(百人) 즉, 백이재로 불리게 되었다는 것이다.

한데 이 고개는 동편의 기러기재와 깊은 인연도 있다. 그것은 다름 아닌 백범 김구 선생이 탈옥 이후 기러기재를 넘어와 산 밑 안치마을에 숨어 지내다가 포위망이 좁혀지자 다시 백인재 아랫마을인 선씨네 집으로 급하게 몸을 의탁한 후 뒤쪽의 백이재로 빠져나가 상해로 향했던 것이다.

거룩한 독립투사의 발자취가 남아있는 고개이기도 한 셈이다. 하지만 그 고개들은 지금은 제 기능을 하지 못한다. 교통이 편리해져 사람이 넘어 다니지도 않지만 잡목이 우거져 버렸기 때문이다. 그런데도 한번 떠나버린 늑대나 여우가 산다는 말은 들려오지 않는다. 그래서 그리워만 지는데, 보내온 책에서 늑대가 출현한 내용을 읽으니 더욱 감회가 어리고 그립기만 했다.

(2016.)

나무의 이미지

이따금 나무 곁에 서 보는 때가 있다. 더위를 피해 땀을 식히거나 생긴 품이 좋아 보이거나 바람이 불어 아우성치는 소리가 듣기 좋은 때이다. 봄날의 너른 오동잎이 너풀대는 모양은 마치 풍경 같다. 절간의 풍경이 저 혼자 무료를 달래며 댕그랑거리듯 나직이 너풀대는 오동잎의 움직임은 '훠이' 하고 잠시 정적을 밀어낸다.

그런가 하면 늦가을, 떡갈나무 숲을 한바탕 휘젓고 지나는 바람은 마치 도둑이 튀는 소란만 같다. 훔친 물건을 내팽개치고 달아나는 듯한 경황없는 발걸음 소리는 한동안 수선스럽기 짝이 없다. 그러나 초겨울 소나무를 흔드는 솔바람은 참빗으로 머리 빗듯이 정연히 '쏴아―' 하고 소리를 내어서 그 소리만 들어도 금방 이마가 서늘해지고 정신이 명료해진다.

나무들이 들려주는 소리는 바람 소리만 다른 게 아니다. 저마다 소성에 따라 나타내는 표현법이 다르다. 그리고 느낌도 달라서 엄나무는 전생에 무슨 한이 그리도 많은지 위리안치(圍籬安置)된 죄인처럼 제 몸에 가시를 촘촘히 박아

놓고 몸을 옥죄고 있어 바라만 보아도 절로 긴장감이 인다. 그런가 하면 대나무는 장마에 오이 크듯 단숨에 쑥 자라버려 너무 삶을 진지하게 살지 못하고 싱겁게 살아버린 듯한 느낌을 지울 수가 없다.

오동나무는 또 어떤가. 밑동을 잘라내면 웬 삶의 애착이 그리도 깊은지 자꾸만 곁가지를 뻗고 나와 보는 사람을 민망하게 만든다. 한편 느티나무는 조직을 촘촘히 짜는 재주는 있으나 도저히 융통성이란 없어 보이게 한다. 게다가 그 큰 덩치에 매달은 낙엽을 가을만 되면 너무 허수하게 설사하듯 주르르 쏟아내어 주책바가지가 따로 없다.

이에 비하여 감나무와 소나무는 단연 품위가 으뜸이다. 같은 반열에 있는 은행나무가 남달리 제 스스로 소화력(消火力)과 복원력을 지니고 있지만, 놈의 이파리는 너무 원시적이고 수세(樹勢)마저 그다지 준수하지 못하다. 허나 감나무는 품부터가 예사롭지 않다. 어느 장소에서나 원추형으로 의젓이 균형을 잡고 능란한 화가의 붓끝처럼 가지를 배열하여 뻗고 자란다.

그래서 화가이면서 수필가인 김용준 선생은 이 감나무를 유독 예찬하고, 서양화의 대가 오지호 화백도 이 감나무를 즐겨 그렸을까. 그분의 대표작 감나무 그림은 그림자가 땅바닥 가득히 드리워진 게 일품이다. 밤에 늘 실루엣으로 서 있는 이미지가 온전히 그 그림 속에 녹아 있다. 화백께서도 진작 그 이미지를 마음에 두었다가 살려보고 싶었는지 모른다.

그리고 나머지 하나는 소나무이다. 씨를 틔우고 나서도 제 탯줄을 그대로 간직하는 탓에 밥상의 간장종지처럼 아니면 제상에 단골로 오르는 밤과 같이, 제 어릴 적 흔적을 기억하고자 함일까. 소나무는 사는 일이 고단하여 비록 거북등처럼 터진 껍질을 지니고 살면서도 배냇적 흔적들을 떨어내 버릴 생각을 하지 않는다.

그러면서 날씨가 추워지면 추워질수록 제 몸을 바늘 같은 이파리를 침 삼아 겨누고서 본성을 잃지 않고 살아가기를 잊지 않는다. 그러한 결과로 큰 무게를 지탱하는 대들보는 소나무가 아니면 감당을 못해 내고, 천삼백 도를 유지해야만 온전히 구워지는 도자기도 이 소나무가 화목이 되어 주지 않으면 어림이 없다. 그러나 무엇보다도 이 나무의 품위는 그 특유의 빼어난 품에 있다.

밑동 잘린 오동나무처럼 구차히 삶을 도모하는 게 아니라 한번 죽을 자리에선 깨끗이 죽고, 단단한 것만을 덕목으로 아는 느티나무처럼 반발력을 키우지도 않는다. 더구나 나아가 한순간 대나무처럼 머쓱 자라서 하늘의 햇빛이나 다투는 그런 나무가 아니다. 그러면서도 엄나무처럼 자학을 일삼지 않고 떡갈나무처럼 과장되게 엄살도 부리지 않는 것이다.

나는 이 나무들을 보면서, 때로 항상 그림자가 멋있는 감나무처럼 그런 인격을 쌓아 향기를 남기고 싶고, 또 한편으론 소나무처럼 근본을 망각하지 않는 가운데 설령 등 터지는 아픔이 있더라도 꿋꿋이 자랄 줄 아는 법을 배워 닮고 싶다. 이 중에 하나만 닮아도 성공한 삶이리라.

(2002.)

들돌

힘을 쓰는 데 사용하는 운동기구라면 우선 역기(力器)를 들 수 있을 것이다. 그밖에 들돌이다. 그러나 역기는 어떤 틀에 맞추어 정형화 시킨 것이라면 들돌은 인공을 가하지 않은 자연 상태의 돌을 사용한다. 그렇지만 운동이라는 추구하는 목적에 기여하기는 매일반이다.

나는 어디서 역기를 보게 되면 나도 몰래 긴장이 되면서 팔에 힘이 들어간다. 내가 나서서 들어야 할 것이 아님에도 마음속으로 '끙' 하고 힘을 쓰게 된다. 어느 날 텔레비전에서 방영하는 진풍명품 프로를 보면서도 그랬다. 농기(農旗)와 함께 들돌이 나왔는데, 그 돌을 보니 역기를 대할 때처럼 심호흡이 내쉬어지면서 긴장감이 일었다.

이 날 주 감정품은 돌이 아니었다. 농기가 출품됐는데, 그것은 예전에 농촌에서 흔하게 보던 '농자천하지대본(農者天下之大本)'과 같은 깃발이 아니고 커다란 천에 용이 그려진 것이었다.

그것은 크기부터가 보는 사람을 압도했다. 펼쳐놓으니 그건 거짓말 조금 보태서 무대를 거의 가려버렸는데 그림도 생동감이 있었다. 그래서인지 감정위원들은 비록 낡기는 했지만 역사적인 사료가치가 충분하다며 후한 가격을 매겼다. 그러한 깃발을 위해 들돌은 보조품으로 나온 것이었다.

아마도 그런 것은 농기의 기능을 설명하면서 당시 농경 풍속도를 보여주고자 하는 배려차원에서 방송국에서 마련한 것 같았다. 그 들돌의 크기는 대략 60kg정도 되는 것으로 타원형이었다.

나는 그 들돌이 솔직히 말해 농기보다 더 반가웠다. 무엇보다 보기에 낯설지 않아서도 그랬지만 그것과 관련한 사연이 내게는 많기 때문이다. 들돌이 무엇인가. 예전에 농촌에서 체력단련을 하던 도구이면서 동시에 체력측정을 하던 물건이 아니던가. 그걸 보자 무엇보다도 나는 먼저 전에 가지고 있던 들돌 생각이 떠올랐다.

십여 년이다. 나는 순천 이사천 주변에서 들돌을 하나 주웠다. 그 지역은 당시 댐이 건설되어 수몰되기 직전이었는데, 돌은 그 지역의 특성이 고스란히 드러난 황갈색 돌이었다. 나는 봇둑에 올려져 있던 것을 발견하고 그걸 등에 메고 왔다. 그것은 들돌로서 손색이 없었다. 아니, 마을에서 들돌로 사용했는지도 모른다. 왜냐하면 그 돌이 있던 곳이 폐촌이 된 마을과 불과 몇 십 미터도 떨어져 있지 않았기 때문이다.

돌은 들돌로서는 적격의 요건을 갖추고 있었다. 우선 크기도 적당한데다 표면이 오돌토돌하여 미끄럽지 않았던 것이다. 나는 이것을 집으로 가져와 한동안 보관하고 있다가 나중 다니던 직장에서 충혼탑을 보수할 때 조경용으로 내놓았다.

또 다른 들돌은 고향마을 사장나무 아래 놓여 있었다. 마을 뒤로 한참을 오르면 큰 소나무 밑에 마련된 쉼터가 있는데, 이곳은 읍내 장을 보러갔다고 돌아온 사람이 잠시 쉬어가거나 나무를 하기 위해 산에 오른 일꾼들이 쉬는 장소다. 하나, 이 돌은 장꾼들은 만지는 법이 없었지만, 산으로 나무를 하기 위해 오르는 일꾼들이 한 번씩 들어보거나 서로 겨루기를 하곤 했다.

승자는 이 들돌을 번쩍 들어 올려서 어깨에 잠시 메었다가 뒤로 넘기는 사람이 된다. 그러나 그렇게 할 수 있는 사람은 마을 전체를 통틀어 한두 사람에 불과했다. 무게가 70kg정도로 그렇게 무겁지는 않지만 잡아 올리기가 쉽지 않아서 성공하기 어려웠던 것이다.

드는 과정은 보통 3단계를 거치게 된다. 먼저 발끝에 힘을 모우고 무릎 위까지 끌어 올린 다음 배에 안는다. 그런 다음에는 역도에서 용상자세를 취하듯이 힘을 모아 어깨 위로 올린 다음 뒤로 넘기는 것이다. 한데 대다수는 뿌리를 좀 뗄 뿐이었다. 나도 청소년기는 힘은 좀 쓴 편이었지만 성공해 보지는 못했다. 들어 올려서 배에 붙이기까지는 해 봤는데 마무리를 짓지 못했다.

한편, 이런 체력측정은 일꾼들의 새경을 정하는데 중요한 기준이 되었다. 농군의 덕목은 뭐니뭐니해도 일 잘하는 소처럼 힘이 좋은 사람을 치게 되어, 그것으로 판정을 했기 때문이었다.

들돌은 대략적으로 한 짐의 무게에 해당된다. 이는 통상 쌀 한 가마를 지게에 지고 나를 때 쉬지 않고 한 마장을 갈 수 있는 무게이다. 그밖에는 벼로 따져서 두 가마를 지는 무게이며, 추수한 볏단 열 묶음을 지고 나를 수 있는 무게에 해당한다. 그러니까 들돌은 그런 체력을 단련하기 위한 도구이면서 그 정도의 힘을 길러야 한다는 목표설정의 상징물건이기도 했던 것이다.

내가 어렸을 적에 보면 마을에서는 일꾼들이 그밖의 방법으로 힘을 겨루는 것을 많이 보았다. 즉, 한 손으로 지게발목을 잡고서 들어올리기를 하거나, 아예 지게 위에다 큼지막한 돌을 올려놓고 지고 일어서서 오래 서있기 시합을 했던 것이다.

나는 이와 관련하여 살아생전 모친께서 늘 하시던 말씀을 잊을 수가 없다. 형님이 비만 오면 관절통을 하소할 때마다, 그 원인은 순전히 힘자랑하다가 그리됐다고 여기신 것이었다. "세상에 그런 미련한 사람이 어디 있을까" 하면서 혀를 차셨던 것이다.

그 일이라면 나도 목격한 일이다. 마을 중보위에서 일꾼들을 포함한 장정들이 모여들어 지게에 돌을 올려놓고서 힘을 겨루었던 것이다. 거기에서 남들은 번번이 나가떨어졌지만 당시 30대 중반의 형은 거뜬하게 성공했던 것이다. 그 생각이 스쳐갔다.

그러나 세월은 무상하여 지금은 아프다는 말에 혀를 끌끌 차시던 모친도 이 세상 분이 아니고 형님도 이미 80의 고비에 이르고 있다. 그리고 나 또한 들돌을 들어 올려 보려고 용을 쓰던 소년이 어언 60중반 고개를 넘어서고 있다.

나는 이런저런 일들이 떠올라서 한동안 무대에 올려진 들돌에서 눈이 떨어지지 않았다. 흘러버린 세월만큼이나 추억도 그만큼 깊이 아로새겨져 있었던 것이다.

(2010.)

상엿소리

평소에 나는 심청가를 즐겨 듣는다. 남도 가락이라 귀에 익은 점도 있지만, 듣고 있으면 무한히 마음이 편해지기 때문이다. 늘 입고지내는 평상복이 자유스럽듯이 옛날부터 들어왔기 때문인지 모른다.

소리는 하나도 부담이 없다. 그런데 상엿소리는 얼마나 가슴을 찢어지게 하고 애절하게 만드는 소리인가. 유한한 인생이 산 자와 마지막을 고하는 소리라서인지 듣고 있으면 사무치는 비애감이 가슴을 절절하게 만든다.

"어허이 어허이 어하넘, 어가리 넘차 너하넘."

비탄조의 가락이 애간장을 끊게 한다. 상엿소리는 '불이야' 외치는 소리와, 도둑이 뛰는 소리와 함께 삼악성(三惡聲)의 하나이다. 그런지라 듣기 좋은 소리는 아니다. 한데, 이 소리가 왜 내게는 한없이 친근하게 들리는 것일까. 알 수 없는 일이다. 아마도 그것은 내가 나이를 먹어 어느덧 중년고비를 넘어서고 있기 때문인지도 모르겠다. 나는 살아오면서 숱하게 상엿소리를 들어왔다. 그런데 그때마다 받은 느낌도 달랐던 것 같다.

내가 들은 상여소리 중에는 뇌리 깊숙이 각인된 것도 있고 기억조차 어렴풋한 것도 있다. 그 중에서 유독 어제인 듯 너무나 생생하게 떠오른 것이 있다. 세 번에 걸쳐서 들은 소리인데 내가 유년시절 이웃집 할머니가 돌아가셨을 때와 할아버지가 돌아가셨을 때 듣던 소리이다. 그리고 아버지 상여가 출상 때의 일이다. 지금이야 감성이 무디어져 구슬픈 소리도 그저 담담하게 느껴질 뿐이지만, 어려서는 주검에 대한 공포 때문인지 상여꾼이 어울려내는 소리가 여간 소름을 끼치게 하는 게 아니었다.

그중 최초로 들은 경험은 내 나이 여섯 살 때이다. 이웃집 할머니가 돌아가셨는데, 추운 겨울이어선지 마당에 모닥불을 피워놓은 가운데 사람들이 온종일 분주하게 드나들고 있었다. 상여를 만들고 널을 짜는 발길이었다. 그렇게 만들어진 상여는 꽃술을 주렁주렁 매달고 집 모퉁이에 놓였다. 그것을 보니 대번에 머리끝이 뾰족 섰다. 상갓집에 모인 사람들은 술이 거나하게 취하고 밤이 이슥해지자 예행연습을 하였다.

"어허 넘차 너하넘, 어가리 넘차 너하넘."

소리가 허공에 메아리쳤다. 생전 처음 들어본 소리였다. 그날 밤 따라 중천에 걸린 달이 유독 크게 보였다. 추운 날씨 탓인지 달은 얼음덩이처럼 차갑게 보였다. 그 일이 있는 후, 상엿소리가 제법 귓가에 가락으로 느껴지던 때는 내 나이 여덟 살 적이다. 할아버지가 돌아가셨는데, 거리제를 올리고 발인을 할 무렵 상두는 상여 앞에 걸어둔 새끼줄에 노 잣돈을 걸게 하려고 그러는지 상여틀 위에 올라서는 메김 소리를 넣었다. 한데, 그 소리가 가락으로 느껴졌던 것이 다.

"여보소, 벗님네들. 이내 말을 들어 보소. 세상사가 허망 하네. 네가 죽어도 이 길이요, 내가 죽어도 이 길일세." 그 러면서, "물가 가재는 뒷걸음치고, 다람쥐는 안거서 밤을 줍는디 원산호랑이 술주정 허네." 했다. 나중에 커서 알고 보니 그 소리는 심청가 중 곽씨 부인 출상 대목이었다. 한 데, 어느 날 나는 전파사에서 흘러나오는 소리를 무심코 듣 다가 그만 깜짝 놀라고 말았다. 내 의식의 밑바닥에 잠겨 있던 낯익은 것이 불현듯 감성을 자극했던 것이다.

"어넘 어넘 어하넘, 얼가리 넘차 어하넘. 어이 널널널 널 널널 넘차, 어라가 넘차 어하넘." 하는 소리가 슬픈 사연을 불러내어 주체할 수 없게 감정을 폭발시켜놓고 말았다. 그 것은 다름이 아니었다. 내가 10대 후반 아버지의 상여 뒤를 따르며 눈두덩이 부어오르도록 울던 때를 상기시켜 주었던 것이다. 슬픈 가락이 슬픈 사연과 어우러진 때문인지 나는 한동안 그 자리에 서서 멍하니 있었다.

아버지의 병환은 나을 기미가 없이 날로 위중해지고 있 었다. 그런데도 당신은 기어이 퇴원을 고집하셨다. 어머니 와 형님이 그렇게도 말리셨건만 한 번 먹은 결심을 굽히지 않으셨다. 치료해도 차도가 없는데, 비싼 병원비를 들이며 한없이 눌러 있을 수는 없다는 것이 당신의 생각이었다. 그러나 어찌 아버지의 속내를 모를 것인가. 선대로부터 물려받은 전답을 그나마 병원비로 팔아먹지 않고 남겨주어야 하겠다는 당신의 생각을.

나는 당신께서 단호히 결단을 내리시던 모습을 잊을 수가 없다. 마음을 이미 정리하신 듯 무척 편안한 모습을 보이고 계셨다. 나는 그런 당신을 보면서 돈 때문이라는 생각을 하면서도 혹시 좀 나아지신 건 아닐까 하는 어리석은 생각을 해 보기도 했다. 그래서 당신의 태도를 지켜만 볼 뿐, 퇴원을 만류해 보지도 못했다. 아직 철이 덜 들기도 했지만 효심이 깊지 못한 때문이었다. 그러나 그런 일을 이제 와서 후회한들 무슨 소용이 있겠는가. 주자(朱子)의 말마따나 불효부모(不孝父母) 사후회(死後悔)인 것을. 상여 뒤를 따르며 그것이 평생의 불효임을 깨달았을 때는 이미 한참 늦은 때였다.

"자식들아, 내 괜찮다 우지 마라. 나 따르듯 느그 어메 봉양하고 눈물 나게 하들마라."

상옛소리를 들으니 당시의 비감어린 기분이 그대로 밀려왔다. 그런지라 녹음테이프가 늘어지도록 반복해서 들을 때마다 가슴이 메어온다. 절절한 아픈 마음은 언제나 끝이 날까. 내가 죽어 정작 상여 속의 주인이 되는 날 끝이 날까.

고향에서 많이 듣던 이 낯익은 가락이 요즘 나를 붙들어 놓고 있다. 죽음도 생각하며 살아가라는 듯이. 아니면, 죽은 후에도 자신의 모습을 돌아보라는 듯이.

　　오늘도 늦은 밤에, 버릇처럼 테이프를 끼우니 '어넘 어넘 너하넘, 얼가리 넘차 너하넘'하고 상엿소리가 질펀하게 퍼져나가고 있다.

(1990.)

2부

그리움이 머문 자리

꽃씨의 꿈

새해 들어 우수 경칩이 지났는데도 아직 날씨가 차갑다. 그러나 차갑게 불어오는 바람 속에서도 계절의 변화는 어쩔 수 없어서 마냥 한기가 느껴지지는 않는다. 바야흐로 봄이 다가오고 있는 것이다.

이런 새봄을 맞아 나는 꽃씨를 묻는다. 너무 늦지 않도록 다른 것들이 먼저 움을 트고 나오기 전에 시기를 맞춘다. 흙속에 묻은 것은 노란 코스모스 씨앗. 그간 떨굴 자리를 찾지 못해 삼동의 추운 바람을 견디며 대궁에 매달려 있는 것을 수습한 것이다.

이보다 며칠 전 나는 개나리를 심었다. 어느 날 길모퉁이를 돌아 나서니 어떤 이가 늘어진 개나리 가지를 전정하고 있었다. 지대가 높은 곳에서 작업을 한 탓에 자른 가지가 한길에 수북하게 쌓여있었다. 그걸 보고서 치우겠다는 뜻보다는 우선 쓸모를 생각했다. 자주 가는 등산로에는 빈터가 많아 심어두면 좋지 않을까 하는 생각이 스쳤다. 해서 모아다가 꺾꽂이를 해두었다.

이른 봄에 피는 꽃들은 한결같이 특징이 있다. 잎보다는 꽃이 먼저 얼굴을 내민다. 목련이 그렇고 매화가 그렇고 진달래가 그러하다. 개나리도 아직은 움이 트지 않았지만 꽃을 먼저 터트릴 것이다.

나는 이것이 잘 살 것인가 못 살 것인가는 걱정하지 않는다. 생명력이 강하기 때문에 잘 살 것으로 믿기 때문이다. 그보다는 환하게 꽃을 피우면 지나가는 사람들이 어떤 반응을 보일까 하는 궁금증이 더해진다.

이것에 비하여 노란 코스모스는 발아를 장담하지 못한다. 한겨울 대궁에 매달린 바람에 얼었을 수도 있고 땅속 사정에 의해 지장을 받을 수도 있기 때문이다.

그러나 나는 되도록 모두 살기를 바라고, 살아나서 꽃피울 다른 세상을 그려본다. 여린 순이 돋아나 마침내 터를 잡고 화사하게 피어난 모습은 얼마나 아름다울까. 그리고 그런 꽃은 피어서 얼마나 많은 사람을 기쁘게 하고 자기의 감춰둔 소망을 펼쳐 보일까.

나는 생명의 경이 앞에 늘 숙연해진다. 동물이건 식물이건 마찬가지이다. 모든 살아있는 생명체는 숭고하기 때문이다. 그것들이 존재하는 것은 얼마나 의미 있는 것인가. 그리고 그 존재 자체로 얼마나 존중받아야 할 대상인가.

생각하면 그것들이 미치는 영향력은 실로 크다. 수많은 변화를 일으키며 감동을 주기 때문이다. 누군가가 꽃 앞에서 걸음을 멈추고 바라본다면 그 사람의 하루 일상에서 그만큼 시간을 할애한 것이며, 어느 벌나비가 꿀을 찾아왔다면 그들의 행보에 그만큼의 변화를 일으킨 것이다.

대상은 결코 홀로가 아니다. 내가 마음을 준만큼 반응을 하게 되어 있다. 그것이 비록 상대방이 아닌 내 속에서 일어난 변화라 할지라도 반응은 반응이다. 보이는 세계가 그러한데 눈에 보이지 않는 세상은 어떠할 것인가.

세계는 거시적인 것만 존재하는 것이 아니다. 미물의 세계도 존재하며 눈에 보이는 것만 존재하는 것이 아니라 현미경으로나 봐야만 실체가 드러나는 미생물의 세계도 존재한다. 하지만 이것들은 따로 떨어져 있지 않고 한 유기체 내에서 함께 존재한다.

우리가 생각 없이 내딛는 발자국 밑에도 우주가 있는 것이다. 그래서 옛사람들은 산에 올라서도 함부로 크게 외치지 못하게 하고, 걸음을 내디디면서도 짓이기는 짓은 못하게 했다. 짚세기를 삼아 신고서도 조신하게 걸으라고 가르쳤다.

행보의 바름을 가르친 것이지만 다른 생명과의 공생도 생각한 것이다. 지팡이조차도 함부로 쿵쿵 내려찧지 않고 뜨거운 물도 함부로 좍좍 끼얹지를 않았던 것이다.

그러니 꽃을 대하는 태도는 어떠했을 것인가. 그런 자세를 배울 필요가 있다. 꽃은 저다운 하나의 절정을 보여주는 것이지만 우리에게 많은 시사점을 주기도 한다. 수정을 위해 그냥 공짜를 바라지 않고 아름다움으로 또는 꿀로써 최소한의 대가를 해준다.

그렇다면 우리는 그것들이 피워내는 꽃에서 무엇을 배울수 있을까. 배울 것이 많다는 생각이 든다. '열흘 붉은 꽃이 없다'는 말에서 한때의 영화가 지속되지 않음을 알게 되고, 제각각의 화형에서 자기의 정체성을 지님을 깨닫는다.

그중에서도 '연년세세 화상사(年年歲歲 花相似)'라는 말에서는 '세세연연 인부동(歲歲年年 人不同)'이란 말을 유추하여 인생의 의미를 되짚게 되기도 한다.

나는 심어놓은 꽃씨가 발아하여 줄기를 뻗고 마침내는 꽃을 피울 때는 많은 사람들이 또 다른 인생의 의미를 발견하기를 소망한다. 피어있는 꽃을 보면서 무언가를 느끼고 생각한다면 나의 조그만 수고로움은 얼마나 보람이 되겠는가. 그것이 또한 살아있는 기쁨이 아니겠는가.

봄이 오는 길목에서 미구에 피어난 꽃이 바라는 것도 그런 마음이 담기지 않을까 상상을 해본다.

(2014.)

그리움이 머문 자리

때로 고개를 들어 시선을 멀리 던져보는 때가 있다. 어느 때인가 하면 뭔가가 그리워지거나 마음을 추스르고자 하는 때이다. 그밖에도, 땀 흘리며 산에 올랐을 때 의외로 탁 트인 시야가 지평선에 걸릴 때도 마찬가지이다. 그런 때는 나도 모르게 아련한 그리움이 속눈썹을 비집고 들어온다. 그러한 것은 모두 어쩌면 마음속 그리움이 먼저 알고 반응하기 때문인지도 모른다.

그리움의 실체는 무엇일까. 그리고 또 그것은 어디서 생겨나는 것일까. "산 너머 남촌에는 누가 살길래 저 하늘 저 빛깔이 저리 고울까."라는 표현처럼 그것은 간절함이 하나의 영상으로 맺혀오는 것이 아닐까. 하지만, 잠시 피어났다 스러지는 그리움은 얼마나 허망한 것인가. 마음속에는 분명히 어떤 영상으로 남아 있는데 신기루같이 사라져 버리는 허망함과 안타까움. 한데, 그런 가운데서도 오래토록 사라지지 않고 또렷한 자취로 기억되는 것도 있다.

바로 제주도에서 이상향으로 전해 내려온 이어도가 그런 경우일 것이다. 사람의 눈에는 띄지 않으나 다만 일렁이는 물빛으로만 머물던 암초의 존재. 한데 그 그리움의 존재가 마침내 실체로서 모습을 드러냈던 것이다. 제주도 사람들은 오래 전부터 이 암초를 이어도라 불렀다. 그러면서 고달픈 삶을 나중에 부려놓을 진정한 안식처로 생각했다. 삶이 하도 고달프니 물질을 하면서 '이어도 사나 이어도 사나' 하고 시름을 달랬던 것이다.

눈에는 보이지 않으나 거센 파도가 치고 너울이 일면 잠깐씩 물안개처럼 피어오르는 그 이상한 곳을 마음의 안식처로 삼았던 것이다. 바다 사람들은 본능적으로 물빛을 살피어 지형을 읽어내는데 그런 탐색의 능력이 발휘된 것이었다.

바다 사람들은 통상 섬을 세 가지로 구분해 부른다. 상시 바다 속에 잠겨 있는 바위는 암초, 조수 간만에 따라 드러났다 잠겼다하는 바위는 여, 언제나 같은 모습을 드러내놓고 있는 것은 섬. 이런 기준으로 본다면 이어도는 비록 이름자에 섬(島)자가 붙어있긴 하지만 분명히 암초인데 내세에는 몸을 부려 놓을 안식처로 삼은 것은 놀라운 혜안이 아닐 수 없다.

한데, 나는 이와는 사뭇 다른 한 곳을 그리움의 원천으로 여기며 가슴에 품고 산다. 바로 고향마을이 있는 인동으로서 군두(軍頭)라는 곳이다. 이곳을 고향사람들은 통상적으로 '군머리'라고 부른다. 그런 지명이 붙은 것은 이곳이 읍내로 들어가는 들머리란 뜻이 아니고 군(軍)의 우두머리가 있던 자리라 하여 붙여진 것이다. 그것은 다분히 한 인물과 관계가 있다. 임진왜란 시에 이곳에서 이곳 출신 최대성 장군이 크게 활약을 했는데 그 활약상을 기린 것이 지명으로 굳어진 것이다.

이곳은 사거리 길로 교통요충지이기도 하다. 북으로는 보성읍, 남으로는 예당, 동으로는 겸백, 서쪽으로는 고향마을로 연결된다. 우리 마을로부터는 대략 시오리쯤 된다. 그런지라 기차가 다니지 않는 대처로 출타를 하려면 버스를 타기 위해 이곳까지 걸어 나와야만 한다. 이 군머리는 들판 한가운데 있지만 삭막하지는 않다. 한쪽은 득량 발전소가 위치하고, 다른 한편에 제법 큰 물방앗간이 있어 그런대로 운치가 있기 때문이다.

나는 어려서 장흥 외갓집을 갈 때면 이곳으로 나와 버스를 탔다. 유일하게 노선버스가 서던 곳이었다. 나는 지금도 승용차를 몰고 고향에 갈 양이면 꼭 어느 한곳을 바라본다. 바로 당시에 버스가 서던 자리이다. 따로 무슨 표시가 되어 있지는 않지만 어김없이 시선이 꽂히는 것이다. 아련한 그리움이 오롯하게 남은 장소이기 때문인지 모른다. 오늘날 이곳은 길도 확장이 되고 포장이 되어 옛날의 모습은 찾을 길이 없다. 하지만 나는 표시 없는 한 지점을 정확히 찾아내는 것이다.

나는 이렇듯 눈이 머물면 어느새 타임머신을 타고 어린 시절로 달려간다. 영상 속에는 한 꼬마가 떡 동구리를 이고 뒤를 따르는 어머니의 모습을 붙들고 있다.

　당시 표지판도 없는 정류소에 이르면 나는 행여 버스를 놓칠까봐 눈이 빠지게 기다렸다. 그런 날은 대개 트럭 몇 대가 지나가고 달구지가 몇 차례 지난 다음에 버스가 나타났다. 그만큼 버스의 운행횟수가 드물어 오랜 시간을 기다려야 했다. 그러다 마침내 버스가 모습을 보이면 그렇게 반가울 수가 없었다. 그때 다닌 버스는 지금의 것과는 많이 달랐다. 전면이 마치 멧돼지 주둥이처럼 뾰족하게 돌출하고 옆면에는 일본 순사의 모자처럼 붉은 띠를 두르고 있었다.

　그런 버스가 다가오면 손을 들어 정차를 시키는데 그럴 때마다 회오리를 일으킨 흙먼지가 온몸을 덮쳤다. 그래도 차를 탈 수 있다는 기대감에 마냥 신이 났다. 버스에 오르면 어머니는 떡 동구리를 밀어 넣어 주셨다. 그것을 받아들고 무릎 위에 올려놓으면 뜨끈한 온기가 온몸에 퍼져왔다.

　내가 외갓집을 갈 때면 어머니는 하루 전부터 부산하게 움직이셨다. 찹쌀을 불려 떡을 만들기 위해서였다. 외할머니가 워낙 인절미를 좋아하셔서 그렇게 준비를 하셨다. 그렇게 마련해준 떡을 외할머니 앞에 내놓으면 "뭐 할라고 니 어미는 이런 걸 보냈다냐." 하면서도 흐뭇해하셨다.

　방학 때면 내가 꼭 외갓집을 가는 목적이 있었다. 바로 할머니가 들려주시는 구수한 옛날이야기 때문이었다. 외할머니는 이야기를 잘하셨다. 어린 손자가 이야기 듣는 걸 좋아하는 걸 보시면서 "이야기를 좋아하면 가난하게 산다는 디." 하면서도 채근에 못 이겨 들려주시곤 했다. 그런 이야기 중에는 엄마를 찾아 나서며 시련을 겪는 '독살새' 이야기와 마음씨 착한 부인이 얻었다는 생금 이야기, 지네를 물리친 어느 원님이야기가 있다.

그 중에 지네이야기는 나중에 알고 보니 김자점의 출생 비밀과도 관계가 있는 이웃 낙안지방에서 전해진 이야기여서 여간 흥미롭지 않았다. 아무튼 그런저런 생각 때문에 나는 지금도 버스의 출발지, 그 군두에 이르면 마음이 설렌다. 생각하면 그곳이 외부로 열린 미지의 세계인 동시에 가슴을 뛰게 만든 곳이어서일까. 그곳에서 대처로 나가면 동네에서는 볼 수도 없는 서커스나 난장, 그밖에 축음기에서 흘러나오는 유행가가 별천지만 같았다.

그런 면에서 보면 군두는 호기심 많은 소년에게 새로운 세계에 눈 뜨게 만든 장소요, 비로소 둥지를 벗어나 대처로 나가게 한 첫 번째 이소(離巢)의 장소가 아닌가 한다.

(2010.)

물방앗간 다녀오던 날

추억을 반추(反芻)할 때마다 아련히 떠오르는 것이 한두 가지가 아니지만, 그 중에서도 많이 생각나는 게 물방앗간 이다. 어린 눈에 보기에도 떨어지는 물의 낙차에 의해 빙글 빙글 돌아가던 것이 마냥 신기해서였을까. 그 이색적인 모습이 불현듯 생각이 나곤 한다. 알고 보면 그것은 얼마나 자연친화적인 지혜의 산물이던가. 물을 이용한 측면도 그 렇지만 생활에 기여한 것도 적지 않다.

며칠 전이다. TV를 통하여 물레방아를 보게 되었다. 채 널을 돌리니 거의 실물크기의 물레방아가 화면에 클로즈업 되는데, 그러나 그것은 실제로 방아를 찧는 건 아니고 눈요 깃거리로 만들어 놓은 관상용이었다. 실제 물레방아는 회 전축(回轉軸)을 지지대로 삼아 돌아가지만 속도는 그다지 빠르지 않다. 그럼으로 바퀴살이 훤히 보이는데, 관상용은 그렇지 않았다. 어찌나 빨리 돌아가던지 바퀴살이 보이지 않았다. 그래도 형태가 비슷해서인지 옛 추억을 자극하였 다.

일찍이 내가 의성어를 접하면서 '절묘한 표현이다' 하고 기억해 둔 것이 몇 가지 있다. 바로 이효석의 작품 〈메밀꽃 필 무렵〉에 보이는 "말이 후루루 입을 떨었다"라는 것과, 김억이 쓴 노랫말 물레방아가 '실실이 시르렁 돈다'라는 표현이 그것이다. 한데, 정말 고향의 물레방아는 그렇게 바쁠 것 없이 둔탁한 소리를 내며 느릿느릿 돌았다.

고향 물레방아는 외곽의 군두(郡頭)에 자리 잡고 있었다. 들녘에 있어서 집으로부터는 대략 시오리쯤 떨어진 곳이다. 그곳의 물레방아는 득량 수력발전소에서 흘러나오는 풍부한 수량 덕분에 거의 쉬는 날 없이 돌았다. 사람들은 그 방앗간을 이용하여 벼를 찧거나 밀가루를 빻고, 더러는 솜을 타가기도 했다. 그야말로 다용도여서 사람들이 많이 붐볐다.

나는 이 방앗간을 초등학교시절부터 드나들었다. 어머니를 따라 나서서 밀가루를 빻거나 솜을 탔던 것이다. 오고갈 때면 어머니는 그것을 머리에 이고 나는 멜빵을 메고 뒤를 따랐다.

방앗간의 내부는 어수선하기 그지없었다. 이리저리 얽힌 무질서한 피대들이 기계를 돌리느라 잠시도 쉬지 않고 설치된 형태에 따라 숨 가쁘게 돌아갔다. 그런지라 바짝 정신을 차리지 않으면 아니 되었다. 밧줄에 감겨 다칠 우려가 있었기 때문이다. 게다가 방앗간의 공기는 혼탁하기 그지없었다. 숨쉬기조차도 어려웠다. 그런 곳에서 방앗간 주인은 왼 종일 우주복과 같은 복장을 하고서 눈만 빼꿈이 내놓고 있었다. 일을 맡긴 사람들도 최대한으로 머리와 목에 수건을 감싸고 대비했다.

그러한 실내는 여기저기 거미줄이 엉켜있었다. 비좁은 환풍구로는 파고드는 햇살이 일차로 거미줄에 걸리고 이내 통과하여 바닥에 닿고 있었다. 그러한 광도는 현저히 떨어졌다. 마치 구름 속에서 이지러진 달빛과도 같이. 그런 기억 때문에도 나는 소설 속의 연애장소로 이 방앗간이 설정된 것에 동의하지 못한다. 호젓하다는 것과 물가라는 것과 사람이 모여드는 장소라는 것 이외는 별로 무드를 느낄 수 없기 때문이다.

그런데도 여러 작품에서 그런 먼지 풀풀 나는 곳에서 정사를 벌이는 장면을 그리고 있다. 하지만 내부의 그러한 환경만 제외하면 밖에서 바라보기에 물방앗간만한 낭만적 장소도 없다. 수차 아래로 떨어지는 물소리도 그러하고, 작업을 할 때도 바쁠 것 없이 삐거덕거리며 돌아가는 바퀴소리도 정겹다. 거기다가 여유로움은 얼마나 있는가. 소리는 나지만 그 소리는 소음이 아니어서 편안함을 안겨준다. 그래서 물방앗간의 풍경은 다분히 정서적이다.

그런 때문인지, 방앗간에서 몇 시간씩 기다리다 일을 마치고 돌아오는 때는 마치 기분이 〈메밀꽃 필 무렵〉에서 동이 부자가 걷는 발걸음처럼 낭만적이기도 했다. 밤이 이슥한 때에, 솜을 타거나 밀가루를 빻아 동바를 메어지고 돌아오는 날이면 야산 솔수펑이에서 부엉이가 부엉부엉 큰소리를 내며 울기도 했는데, 그런 밤길이 걷기 좋았다. 이런 어느 날 나는 어머니와 오순도순 대화를 나누었다.

"엄니 오늘은 다른 때보다 달이 훨씬 밝네, 잉."

"그렇구나. 그래도 넘어진다, 조심해서 걸어라."

"걱정 말어, 이 정도면 괜찮구만."

앞장선 어머니가 걱정스러워서 물어서 뒤따르던 나는 이렇게 안심을 시켜 드렸다. 그러면서,

"이 솜은 다 어디다 쓸라능가."

"응, 그야 니 작은누나 혼수 이불솜으로 써야지야."

"이렇게나 많이 필요한가."

"이것도 부족할랑가 몰것다."

그렇게 힘들어 만든 이불이 누나가 저세상으로 떠나는 바람에 한 번도 덮어보지도 못하고 없어지고 말았다. 만든 이불이 누나의 무덤가에서 다른 옷가지들과 함께 몽땅 불태워졌다.

그런 사연을 안고 살기에 물레방앗간은 내게 있어서 그리 즐거운 장소로 남아있지 않다. 오히려 덜 아문 종기를 건드린 것처럼 그 일을 떠올리면 마음이 아리기만 하다. 그런데도 세월이 많이 흐른 탓인지 TV에서 본 물레방아는 무척 반가웠다.

(2005.)

큰아들

"아버지, 어제 H신문에 난 가사 못 보셨어요?"

천신만고 끝에 만학을 하여 변호사가 된 아들이 기사 제목을 말하면서 묻는 말이었다. 다른 때 같으면 언제나 아버지인 내가 먼저 전화해 주는데 모르신 것 같아 알린 거란다.

부랴부랴 밀쳐 둔 신문을 꺼내들었다. 내용을 보니 다음과 같다.

"서울의 어느 유명 심리상담소에서 성폭력사건이 일어났는데 당한 여성이 한두 명이 아니라는 것이다. 내담자가 찾아오면 면담을 통해 약점을 잡고 우월한 지위를 이용하여 못된 짓을 해왔는데, 피해자는 심리치료 과정에서 혹여나 불이익을 받을까봐 항의도 못했다."는 것이다.

보도는, 이러한 허점이 드러난 상담소가 전국적으로 수백 곳에 이르며 사실상 방치상태에 있다는 것을 환기시키고 있었다. 그러면서 가장 큰 문제점은 이런 사건이 상담과정에서 버젓이 일어나도 뚜렷한 처벌 법규가 없다는 점을 지적하고 있었다.

심신미약자의 추행이나, 술을 먹여 취한 상태에서 저지른 일은 처벌조항이 있지만 그밖에 정신적 약점을 잡고서 행한 '성폭력'은 속수무책이라는 것이다. 그런 와중에 아들이 공익을 위해 약자인 고소인을 대리하고 있는 것이 믿음 직스러웠다.

아들은 사무실을 개업하기 이전에 시민단체에서 일한 적이 있다. 그때는 각 대학이 청소노동자를 외주를 주어서 해마다 근로계약을 체결하는 불편과 함께 고용문제도 안정을 확보하지 못했는데 이를 대학에서 자체적으로 자회사 형태로 노조를 설립토록 하는데 앞장을 섰다.

이것이 처음 경희대학교에서 시범운영이 되었고, 이를 소위 '경희모델'이라고 일컫는다. 이 제도를 최근에는 모든 대학이 도입하여 따라하고 있단다. 그때도 주요 일간지에 크게 보도가 되었는데 이번에는 기사가 더 크게 실려 있다. 사회적으로 눈감을 수 없는 중요한 문제이기 때문이 아닌가 한다.

우리 사회는 고쳐야할 문제점이 너무나 많다. 그중에서도 갑질의 문화는 커다란 병폐가 아닐 수 없다. 수년 전에는 이런 일도 있었다. 대기업 총수가 자기 아들을 괴롭힌다며 조폭을 동원하여 상대방을 야구방망이로 구타한 것이다.

그런가 하면 어느 재벌의 자회사 사장은 몽둥이 한 대당 백만 원을 주겠다며 돈 위세를 부린 일도 있다. 팔뚝에 완

장만 채워주면 남에게 군림하는 이 못된 갑질의 문화. 자기보다 힘 있고 돈 많으면 한없이 굽실거리면서 반대로 자기보다 못하거나 낮은 지위에 있다고 생각하면 인정사정없이 밟으려고 드는 천박한 권위의식, 반드시 뿌리 뽑아야 할 암적 요소가 아닐 수 없다.

또 하나는 부정부패 문제이다. 고이는 물은 썩게 마련이듯이 가진 자의 부가 세습이 되다보니 도덕성은 사라지고 누리는 지위는 더욱 견고해져 간다. 그것도 하나의 카르텔을 이루면서 자기들만의 리그, 끼리끼리의 문화를 이루고 있다.

그나마 건전하면 좋은데 그렇지 못한 경우가 허다하다. 얼마 전에도 입찰 비리가 터져 나왔듯이 가격을 담합하는 일은 일상사가 되었다. 거기다가 정경유착에 부동산 투기, 이권개입과 방산 비리는 단골메뉴가 된 지 오래이다.

전에 어떤 인사로부터 들은 이야기이다. 정부발주의 사방공사 사업에 대해 감사를 하려 드니 어찌나 부실 투성이던지 손을 댈 수가 없었단다. 그래서 덮을 수밖에 없었다고 했다. 그러면서 하는 말이 당장에라도 눈에 보이지 않은 인공어초사업이나, 방파제공사에도 눈 부릅뜨고 보면 비리가 없지 않을 것이라고 했다.

그것을 상기하면서 우리 생활 주변만을 둘러봐도 문제점은 드러난다. 우선 기초생활수급자도 투명성에 의문이 많다. 엊그제까지도 상당한 재산이 있던 사람이 어떻게 했는지 재산이 없는 사람으로 둔갑하여 혜택을 받고, 체납을 일삼은 사람이 버젓이 호의호식하며 사는 경우도 본다.

이런 경우를 보면 화가 치민다. 남이 잘사는 게 배가 아파서가 아니라 정의가 땅에 떨어졌다는 생각이 들기 때문이다.

나는 직장생활을 미관말직으로 마무리 지었지만 남에게 갑질하고 부정비리를 저지르는 일에는 단호히 맞섰다. 그것은 공직을 시작하기 이전에 느낀 일 때문이었다. 전에 형님께서 마을 이장을 했는데 집에서 손님을 치르는 일이 많았다. 주로 면사무소직원과 지서직원, 농협과 산림계직원이 많이 식사를 했다. 그런데 하루는 그들 중 누가 '닭을 잡자'는 것이었다.

나는 나중 닭값을 치른 줄 알았더니, 그냥 가버린 것을 알았다. 그 후로 적어도 이런 자는 되지 않아야겠다고 명심했다. 그런 결심은 실천으로 이어져 방위업무를 보면서는 예비군 중대장의 비위를 눈감지 않았고, 산림을 남벌한 산림계 직원은 단호하게 입건 조치했다. 그런 연장선에서 나는 소위 물 좋다는 곳은 추천이 들어와도 외면해 버렸다. 그런 부서에 들어가면 돈을 받게 되고 용돈으로 쓰게 될 텐데 그런 돈은 민원인의 피눈물이라는 생각에 받아들일 수가 없었던 것이다.

무엇보다도 내가 바로 서지 않으면 누가 따를 것인가 하는 생각이 컸던 것이다. 결론적으로 잘했다는 생각에 변함이 없다. 그래서 퇴임 때는 그렇게 마음이 떳떳하고 홀가분할 수가 없었다.

다행히 그런 성정을 아들이 많이 닮은 것 같아 반갑다. 불의에 대항하고, 모순을 고치려는 그런 행동을 알게 모르게 배워서 오늘날 실천하고 있지 않은가. 신문에 난 기사를 읽고 나서 아들이 이 사건을 대하는 마음을 짐작할 수 있었다. 그래서 나는 그런 나쁜 사람은 유죄가 나오도록 피해여성을 잘 변론하라고 혼잣말을 조용히 되었다.

이런 유의 사건을 보면 대개가 피해자와의 동의하에 이루어졌다고 하면서 법망을 피해 가지만 아들의 올곧음과 또한 약자 편에 서고자 하는 강단진 마음을 잘 알기에 한편으로는 믿는 마음도 생긴다.

(2016.)

조물주 작품의 미비점 하나

아침에 동네 마트를 다녀오는데 샛노란 은행잎이 많이 길바닥에 떨어져 있었다. 그걸 발견하니 반사적으로 눈이 옆에 서있는 나무에게로 옮겨졌다. 얼핏 보아도 은행나무인데, 그 나무는 엊그제만 해도 화려하리만큼 머리에 금관을 쓰고 있었는데 지금은 실오라기 하나 걸치지 않는 나목이 되어 있었다. 그걸 보니 새삼 자연의 변화속도가 이렇게 빠른가 하는 생각이 들었다.

떨어진 낙엽들은 부는 바람에 이리저리 흩날리고 있었다. 어느 시인은 이렇듯 흩뿌려도 아깝지 않는 지폐를 두고 '폴란드 망명정부의 돈 같다'고 했지만 마치 그런 지폐처럼 쓰레기가 되어 휩쓸리고 있었다. 그런 광경이 묘하게 기분을 스산하게 했다.

나는 걷다말고 발부리에 걸린 이파리 하나를 집어들었다. 그렇잖아도 이즘 나뭇잎의 형상에 대하여 이런저런 생각을 많이 하고 있던 참이었다. 집어든 이파리는 작은 부채 모양으로 앙증맞기 짝이 없다. 장롱의 백동장식을 많이 닮았다. 그런데 이것을 자세히 보니 가운데 부분이 마치 여인의 스커트처럼 갈라져 있다. 왜 그럴까 하는 생각이 스친다. 하나, 나로서는 알 길이 없다. 단지 추측하기로 그런 방법으로 진화한 게 낫겠다 싶어서 그리 됐지 않았을까 하는 생각이 들 뿐이다.

은행나무는 원시의 수종으로 알려져 있다. 이미 2억 년 전인 고생대부터 살기 시작했다고 한다. 그러다가 빙하기 때는 멸종 위기를 겪었으나 끈질기게 살아남았단다. 그러면서도 형질이 하나도 변하지 않았다는 것이다. 그렇게 보면 인류의 출현보다 시원이 훨씬 앞선 것은 물론이다. 그렇다면 그 놀라운 생존능력은 어디서 비롯한 것일까.

나는 그 이유에 대해 막연하기는 하지만 화재에 강한 특성에서 찾아 볼 수 있지 않을까 생각한다. 산불은 예나 지금이나 자연발화로 발생하기도 하는데 은행나무는 그때마다 평소 수피에 물기를 저장했다가 분사시켜서 자기 몸을 보호하는 탁월한 능력을 가지고 있기 때문이다.

손에 쥐어든 잎자루를 살펴보니 이것은 여느 나뭇잎처럼 주맥에서 측맥이 뻗어 있지 않고 측맥이 곧바로 잎자루로 이어져서 잘게 갈라져 있다. 이를 보니 생긴 형태가 넓적하기는 하지만 침엽수로 분류된 까닭을 알만하다. 전체적인 모양은 부채꼴이고 잎자루는 긴 편이다. 이렇게 생긴 건 아마도 바람이 불어도 적당히 흔들려서 꺾이지 않도록 하기 위함이 아닐까.

나무들의 이파리 모양은 제각각이다. 창끝같이 뾰족한

게 있는가 하면 손부채를 닮은 것도 있고, 갸름한 달걀모양의 것도 있다. 돋아난 모양도 어떤 건 어긋나 있는가 하면, 마주보는 것도 있고 돌려서 난 것도 있다. 그러나 공통적으로 그 어떤 것도 되바라지지 않고 오긋한 모양을 하고 있다.

그것은 어쩌면 위에서 떨어지는 빗물이나 눈을 맞아도 꺾이지 않으면서 햇빛을 최대한 많이 받기 위한 지혜가 아닐까. 그리고 거친 뒷면보다 앞면이 반질반질한 것도 그런 이유가 아닐까. 한편, 잎자루를 보면 흐르는 빗물이 한꺼번에 넘치지 않고 흐르면서도 적당히 그 물기를 몸통과 뿌리로 흘러들게 하는 것도 같다.

이것은 아마도 오랜 세월을 살아오는 동안 생존전략의 일환으로 조금씩 진화한 것이 아닌가 한다. 그런데는 물론 조물주의 조화의 손길도 한몫 했을 것이다.

이런 놀라운 것들을 보면서 나는 문득 조물주께 아쉬움이 하나 있다. 그것은 다른 것이 아니고 흉악범을 잡는데 어떤 비책을 마련해 둘만도 한데 그런 것이 없기 때문이다. 사회가 혼탁해지니 흉악범이 날뛰고 있는데 해결은 한계에 부딪히고 있는 것이다. 이런 점에서 어떤 장치가 없는 그 미비점이 매우 아쉬운 것이다.

만약에 나무 잎맥의 진화와 그 기능처럼 상대방을 바라볼 때면 광원이 있는 상태에서 눈동자 속에 눈부처의 영상이 맺힐 때처럼 그것이 오래토록 유지가 된다면 유용할 것이 아닌가. 한데 그게 안 되어 있는 것이다. 만약에 최후에 본 눈부처가 남았다면 범인을 금방 붙잡을 수 있을 게 아닌가.

그렇게만 된다면 지금껏 미궁에 빠져있는 엽기적인 미제 살인사건도 벌써 해결되었을 것이고, 증거자료로서도 그것만큼 확실한 것도 없을 터이다.

하지만 한편 생각해 보면 그렇게 허술하게 해둔 점도 이유가 있지 않을까 싶기도 하다. 그것은 다른 것이 아니고 어떤 정밀한 장치를 해두기 이전에, 인간 스스로에게 숙제로 남겨놓았다는 생각도 들었다. 이 세상은 인간만큼 절대 강자가 없음으로 잡다한 문제의 해결도 인간들이 스스로 알아서 풀어나가라는 개연성도 있다고 생각되기 때문이다.

나뭇잎의 기하학적 형상과 적응, 그 활용의 지혜를 보면서 새삼스레 조물주가 만들어 놓지 않은 미비점에 아쉬움을 느끼는 한편으로, 보다 깊은 뜻, 또 다른 과제도 동시에 주지 않았을까 하는 별난 생각도 해본다.

(2011.)

둥지를 잃은 까치

까치부부가 한순간에 정든 둥지를 잃어버렸다. 졸지에 강제 철거를 당하는 바람에 길바닥에 나앉는 신세가 된 것이다. 그런 모습을 보노라니 처연하기 그지없다. 그동안은 위험한 전선이 뒤얽힌 곳에서 살면서 보는 사람의 눈을 불안하게 했지만 그래도 녀석들은 나름 별 탈 없이 살아왔는데, 엄청난 일을 당했으니 얼마나 황당할까.

모르면 모르지만 기가 막힐 것만 같다. 무슨 천재지변의 재해를 당한 것도 아니고, 그렇다고 저절로 무너져 내린 것도 아니니 얼마나 어처구니가 없을까.

녀석들의 둥지는 한전 직원이 들이닥쳐 무지막지하게 휘두른 강제폭력에 의해 사라졌다. 합선의 위험 때문이라고는 하지만 까치의 입장에서 보면 청천벽력이나 다름없는 일이다.

예고 없는 충격은 행동으로 나타나기 마련이다. 아니나 다를까 까치가 보이는 행동은 정상적으로 보이지 않는다. 이상 행동을 보이며 한 녀석은 나뭇가지에 앉아 망연자실해 있고, 다른 녀석은 끓어오르는 울분을 참을 수 없는지 땅바닥에 내려앉아 고개를 푹 숙이고 밭고랑을 바장이고 있다. 그 모습이 낙담에 겨운 것 같아서 이만저만 딱한 게 아니다.

평소 같으면 힘찬 목소리를 내면서 귀청이 찢어질 듯 우짖던 녀석들이 아니던가. 망연자실해 있는 모습이 보는 사람의 마음까지 저리게 한다.

한전 직원이 나타나 전신주 위의 까치집을 철거한 것은 정오 무렵이었다. 볼 일이 있어 길을 나섰더니 교회 모퉁이 건물 앞에 한전 작업차가 보였다. 금방 도착했는지 직원들은 차에서 내리며 서둘러 조립식 막대를 이어 붙이고 있었다. 그러더니 그것을 이용하여 까치집을 다짜고짜로 끌어냈다. 까치집은 장대 끄트머리에 매달린 갈고리에 의해 순식간에 맥없이 와르르 무너져 내렸다. 지을 때는 힘들게 지었을 텐데 파괴되는 건 순간이었다. 작업을 마친 직원들은 기세 좋게 마치 적이라도 물리친 듯 의기양양한 모습이었다.

부서져 내린 나뭇가지들마저 남김없이 죄다 수거해 돌아갔다. 청소차원인가 했더니 그게 아니었다. 다시는 그것을 이용하여 집을 짓지 못하도록 하는 조처였다. 말하자면 불법 건축물에 대한 자재 압수라고나 할까. 한데, 그 처사를 보노라니 조금은 지나치다는 생각을 떨칠 수가 없었다. 지장을 주었다면 허물어 버리면 그만이지 그것까지 모두 가져가 버릴 것은 무엇인가.

아무튼 그렇게 철거를 해버리자 전신주도 주변도 말끔하게 원상태가 되었다. 차가 떠나자 별스런 구경거리라도 된양 모여든 사람들도 제각기 발걸음을 돌렸다. 마치 싱거운짓을 봤다는 듯이. 한데, 그때까지도 집을 잃은 까치는 나타나지 않고 있었다. 먹이를 구하러 나갔거나 아니면, 자재를 더 구하러 나갔는지는 알 수가 없었다.

예전에 나는 그렇게 둥지가 헐린 까치를 목격한 적이 있다. 다니던 직장 후정에 느티나무가 있었는데, 그곳에다 까치가 집을 지어 놓고 머물렀다. 그런데 그 나무가 서있던곳에 다른 건물을 짓기 위해 그걸 베어내자 졸지에 집을 잃은 까치는 서럽게 우짖는 것이었다. 그때 한 직원이 말했다.

"웬 까치가 저리 울어쌀까."

그 말에 다른 직원이 말을 받았다.

"그야 빤하지 않겠는가. 내 집 내놓으라는 것이겠지."

그 말을 들으니 콧등이 시큰했다.

이런 절박한 상황은 TV에서도 가끔 비치고 있다. 철거위기에 내몰린 주민들이 집 앞에 바리케이드를 쳐놓고서철거반의 물대포에 맞서고 있었다. 나는 그 장면을 보면서전에 어느 동네를 방문했을 적에 그곳에 살던 주민들이 내쉬던 한숨 소리가 떠올랐다.

동네 옆으로 이웃 섬과 다리가 놓여서 앞으로 살기가 좋아지겠다고 했더니, "발전을 하면 뭐 한답니까. 우리는 그 바람에 언제 쫓겨날지 모르는 신세가 됐는데." 했던 것이다. 그것은 다른 말이 아니었다. 그들은 그동안 남의 땅 위에다 집을 짓고 살아왔는데 개발이 되면 땅값이 뛸 게 뻔하고, 그러면 땅주인은 세를 더 올려 달라거나 나가라고 할 게 뻔하지 않겠느냐는 것이었다. 그동안 짧게는 십수 년, 길게는 50년을 넘게 살고 있는데 수십 차례 대지를 양도해 달라고 했는데도 거절했다는 것이다.

나는 그 말을 들으며 그때는 그 말의 절실함을 몰랐는데, 오늘 까치집이 헐리는 것을 보니 새삼스레 남의 집, 남의 땅에 얹혀사는 사람들의 신산한 삶이 생각난다. 한데, 이 문제와 관련해서 생각해 보면, 진정 이 땅의 주인은 누구인가 하는 원초적인 물음을 되묻게 된다.

사람이 일정 지역을 차지하고 설령 등기하여 자기의 소유로 만들었다고 해서 그게 진정한 의미의 자기 땅일까. 그것은 어디까지나 사람이 만들어낸 논리요 편리가 아닌가. 그런 논리라면 동물들도 마땅히 주장이 있을 법하다. 집에서 키우는 개는 말할 것이 없고, TV에서 보니 호랑이도 주기적으로 자기 구역을 순찰하며 영역 표시를 하는데, 사람이 더 우선이라는 것은 그것들을 무시한 것이 아닌가.

그렇게 보면 까치도 남의 시설물이긴 하지만 자기 활동 범위로 생각하고 집을 지었으리라. 그렇다면 적어도 압수한 자재는 돌려주는 게 맞는 일이 아닐까. 어딘가에 다시 살 집을 지어야 하기 때문이다.

나는 까치집이 철거되는 것을 보면서 문득 한시대의 아픔으로 기억되는 한 사건을 떠올렸다. 바로 1977에 발생한 소위 광주 무등산의 타잔으로 알려진 박흥숙 사건이다. 그는 노모와 함께 무등산자락에서 비록 무허가로 집을 짓고 살았지만 제2의 이소룡을 꿈꾸며 무술을 연마하던 사람이었다.

그런데 가난하지만 평화롭게 사는 집에 강제 철거반이 들이닥쳤다. 집이 무참하게 철거되는 것을 보고 그는 이성을 잃고 말았다. 살인을 저지르고 만 것이다.

울분을 삼키고 있는 까치부부도 그런 심정이 아닐까. 힘이 없어 그 사람처럼 이성을 잃고 반항은 못하지만 적의를 품지 않았을까. 망연자실한 모습을 보니 마음이 무거웠다.

(2003.)

아름다움을 보는 훈련

아름다움을 보는 훈련이 따로 있을까. 있다면 어떤 방법이 있을까. 훈련은 단지 신체를 단련하거나 향상시키는 것에 머물지 않는다. 꾸준한 지속력을 위해서는 빼놓을 수 없는 중요한 일이다. 이점을 감안한다면 미적 감상안(感想眼)을 키우는 일도 일정 기간 수련과정이 필요하지 않을까 싶다. 왜냐하면 심미안(審美眼) 또한 저절로는 생기거나 길러지지 않고 절차탁마의 연마과정이 필요하기 때문이다.

내가 이 문제에 대하여 깊이 생각해 본 것은 어떤 계기에 의한 것이다. 바로 어제인데, 외출했다가 돌아오니 아파트 입구 맞은편 공터에 웬 차량 한 대가 세워져 있고 사람들이 우르르 몰려들고 있었다. 그 차는 분재장수가 타고 온 차였다. 차에는 분재가 가득 실려 있었다. 감추고 싶은 구석이 있어서인지는 모르겠으나 모두가 보도록 공개하지 않고 감춰놓고 팔고 있었다. 그러면서도 매상은 올리겠다는 뜻인지 분재장수는 목청을 돋우고 있었다.

"구경들 하세요. 어디 가도 이만큼 싼 것은 구경도 못할 겁니다. 보시고 한두 개씩 들여 놓으세요."

그 말에 구경꾼 중에는 분재를 고르면서 흥정을 하는 사람도 있었다. '싸다, 싸다.' 하니까 귀가 솔깃하여 서두르는 것 같았다.

하지만 그것들은 썩 좋아 보이질 않았다. 우선 분재라면 흉터가 없어야 하고 있더라도 그 부분이 자연스러워야 하는데 하나같이 그렇지 않았던 것이다. 대충 눈비음으로만 철사를 친친감아 놓았으나 잘라낸 자국은 그대로 드러나 있었다. 거기다가 뻗어 나온 가지는 하나같이 새 다리처럼 가늘고 볼품이 없었다. 아마도 성의 없이 산채(山採)를 해다가 집에서 2~3년 가꾼 것 같았다. 그런데도 사람들은 그런 모양에는 개의치 않고 싸다는 말에만 관심을 두었다. 그걸 보자니 안타까웠다.

'그렇게도 분재를 보는 눈이 없을까.'

그게 잘 살지도 의문이지만 무슨 미적인 가치가 있다는 말인가. 안목이 있는 사람이라면 사간다고 해도 금방 싫증을 내고 말 것이다.

나는 실망을 하고서 돌아섰다. 흔히 하는 말로 아는 만큼 보고 느낀다는 말이 있는데 바로 그 점을 확인하고 실감하는 순간이었다. 마음 같아서는 사는 사람을 가로막고 말리고 싶은 마음이 굴뚝같았다.

하나, 어쩔 것인가. 내가 사는 것도 아니고 거래 중에 끼어들 입장이 아닌 것을. 사가는 사람들은 그렇게도 보는 안목이 없단 말인가. 아무리 집에 놓아둘 것이 없다 손쳐도 그걸 보면서 무슨 아름다움을 느낄까.

분재를 사가는 발걸음을 지켜보고 있노라니 문득 낯익은 풍경이 스쳐갔다. 그것은 바로 대로변의 가로수들. 대부분의 가로수는 수관(樹冠)이 뭉그러져서 기형의 상태로 늘어서 있다. 혹시 그런 것을 보아온 사람들이 영향을 받아 분별없이 사는가 하는 생각이 들었던 것이다.

가로수는 잎이 무성할 때는 몸통이 감추어져서 흉터가 드러나지 않지만, 낙엽이 지면 영락없는 몽당빗자루 형상이다. 그런 건 해마다 가지가 전선에 닿는다고 잘라내기 때문에 생겨난 현상이다. 그러다 보니 몸통은 굵어질 대로 굵어진 반면에 새로 자란 가지는 부조화를 이루어 회초리처럼 가늘게 뻗어 나와 있는 것이다. 그런 것을 늘 보아온 탓에 주민들이 분재도 그렇게 생겨도 좋은 것으로 생각하고 거부감이 들지 않는 것일까 하는 생각이 들었다.

나의 이런 추측은 어느 정도 믿는 근거가 있다. 그 일은 10여 년 전으로 거슬러 올라간다. 내가 아는 어느 화백이 새로 산 아파트로 이사를 와서 기념으로 소장하고 있던 밀로의 비너스상 복제품을 아파트 입구 화단에 세웠단다. 그런데 뜻밖에 얼마 있지 않아서 주민들이 소동을 일으켰다. 이유는 학생들이 다니는 통학로에 그런 발가벗은 여인상을 세워놓아야 하느냐는 항의였다.

그 말을 들은 화백은 즉시로 그것을 철거를 해버리고, 아파트도 서둘러 팔고서는 떠나 버렸단다. 그 동네는 당시로는 비교적 경제적인 여유가 있는 사람들이 모여 사는 곳이었는데 그처럼 예술에 대한 이해가 없는 사람들과 함께 어울려 살 수가 없었던 것이다.

나는 그의 행동이 충분히 납득이 되고 이해가 갔다. 좋은 뜻으로 한 행동 말고도 미를 감상하면서 살자는 뜻이 얼마나 갸륵한가. 구입했으니 적잖은 대금도 치렀을 것이다. 그런데 깊은 뜻을 이해하지 못하고 그런 막무가내의 행동을 하다니….

얼마 전에 읽었던 글이 생각난다. 파리시에서는 미술품을 그렇게 대하지도 않거니와 건축물의 색조 하나도 미를 감안하여 조화를 이루도록 하고 있다는 것이다. 그것도 정부나 시에서 통제를 하는 게 아니고 주민 자치 기구에서 심의를 한단다. 그 글을 읽으며 문화를 인식하는 그들의 의식이 많이 부러웠다.

선진국이란 달리 선진국이 아닌 것 같다. 그렇듯 미를 보는 인식이 깨어 있고 안목이 높은 것이다. 그런 사람들은 가로수 하나도 생각 없이 싹둑 잘라내는 짓은 하지 않을 것이다.

상품으로 내놓은 분재를 보면서 그런 물건을 파는 상인도 문제가 있지만 소비자도 미적인 안목이 트이고 깨어나야 한다는 생각을 해보게 된다. 그렇잖으면 아무리 경제가 발전하여 생활수준이 높아져도 저급한 문화에 안주할 수밖에 없기 때문이다.

(2000.)

정읍 감상(井邑 感想)

　정읍에 들러 부모님 산소를 둘러보고 호남고속도로 쪽으로 나오니 인근 밭두렁에 흰 꽃무리가 지천이다. 자세히 보니 장다리꽃이다. 옛사람들이 말하길 장다리꽃이 필 때가 낮이 가장 길다고 했는데 아닌 게 아니라 시계를 들여다보니 네 시가 넘었는데도 해가 아직 중천에 걸려 있다.

　장다리꽃을 보노라니 문득 어떤 말이 떠오른다. 바로 "장다리는 한철이요, 미나리는 사철이라."는 은유의 말이다. 이 말은 숙종 임금이 인현왕후를 내치고 장희빈을 중전으로 앉히자 백성들이 안타까워하며 부른 노래이다. 초성이 장다리는 희빈 장 씨의 성과 같은 것을 말하고 미나리는 인현왕후 성이 민 씨인 것을 이른 것이었다. 그런데 왜 하필 이 가사가 떠올랐을까. 그것은 아마도 이 고을이 이들 두 여인과도 무관치 않은 한 분으로 바로 이곳이 영조 임금의 어머니 숙빈 최 씨의 탄생지이기 때문이 아닌가 싶다.

　숙빈 최 씨는 이곳 정읍시 태인면 태창리 대각교 아래에서 태어났다고 전해진다. 어려서 영특함을 보여 인현왕후 몸종으로 궁에 들어가게 되었다. 하나 궁에서의 생활은 녹

록지가 않았다. 무수리로 시작하여 나중에는 침방나인이 되었으나 힘들기는 마찬가지였다. 한데 그런 와중에 그녀는 숙종 임금의 승은을 입어 아들 연잉군을 잉태하였던 것이다. 영조는 대군시절 어머니에게 다음과 같이 물었다고 한다.

"궁에서 생활하시며 무슨 일이 제일 힘드셨습니까?"

이에 숙빈이 대답했다.

"누비옷 만드는 일이 가장 힘들었습니다."

이 말을 들은 영조는 이후로는 단 한 번도 누비옷을 입지 않았다고 한다. 뿐만 아니라 고생하며 거칠어진 어머니 손을 생각하며 손이 고운 궁녀와는 가까이도 하지 않았다고 전해온다. 한편, 숙빈 최 씨는 당쟁의 와중에서도 몸을 낮추고 살면서 아들을 지켜내어 마침내 임금이 되게 했다. 하지만 그런 광영은 생전에는 누리지 못하고 사후 7년 후에야 꿈이 이루어졌다. 영조는 왕위에 오르자 숙빈 최 씨의 비부터 세웠다. 그것도 직접 쓴 '朝鮮國 敬 淑嬪 昭寧'이라는 친필 비문이었다.

한편, 최 숙빈 말고도 정읍에는 또 한 사람 잊을 수 없는 여인이 있다. 바로 정읍사(井邑詞)에 등장하는 백제 여인이다.

"달하 노피곰 도다샤/ 어긔야 머리곰 비취오시라/ 어긔야 어강됴리/ 아으 다롱디리"

외지로 장사 나간 남편을 동산에 올라 기다리며 달을 보고 높이 떠서 비춰달라는 간곡한 염원을 올린 것이다. 이게 백제가요로는 유일하니 국문학사에서 귀중한 가치로 평가 받는다. 또한, 정읍은 근세를 뒤흔든 동학혁명의 발상지다. 탐관오리들의 가렴주구에 견디다 못한 민중이 분기탱천하여 떨쳐 일어선 곳이다.

당시 사람이 얼마나 많이 모였던지 다음과 같은 말이 전해온다. "일어서면 백의(白衣)요, 앉으면 청죽(靑竹)이다." 인데 수많은 민중이 흰옷을 입고서 서 있으면 흰색 일색으로 보이다가 앉기라도 하면 죽창이 푸른 물결을 이룬 데서 생겨난 말이었다. 한데 나는 여기서 또 다른 여인들을 생각해 본다. 앞장섰던 이들이 죽거나 붙잡혀 갈 때 그들의 어머니와 아내들의 심정이 어떠했을까, 단장의 아픔을 느껴 보는 것이다.

그런 마음은 달리 들어서가 아니다. 이 고을과 인연이 닿아 어머니를 이곳에 모셨는데, 살아생전 당신은 가족의 걱정을 내려놓지 못하셨다. 장병(長病)의 며느리 걱정은 말할 것도 없고, 가정 형편이 어려워진 동생이 아이들은 어찌 가르칠지 시름을 놓지 못하셨던 것이다.

그래서 장례를 치르고 돌아오며 나는 쏟아지는 눈물을 주체하지 못하였다. 그런데 새삼 켜켜이 쌓인 역사 속의 여인들을 떠올리자니 당신의 모습이 어른거린 것이다. 그런 점을 생각하면 이곳 정읍 땅은 여인의 땅, 모성의 고을이 아닌가도 싶어진다.

(2011.)

유년의 동화

전에 어디서 보니 회상되는 기억이란 연대순으로 떠오르는 게 아니라 받은 인상과 강도에 따라 크게 영향이 미친다고 했다. 그걸 읽으며 나는 나름 이해하길 '기억 속에서 떠오르는 추억이란 시간 개념이 아니라 다분히 감성문제로구나 하고 받아들였다. 사실이 그렇지 않은가 한다. 한순간에 강렬하게 박힌 인상은 시간의 경과와는 하등 관계없이 불쑥 불쑥 떠오를 때가 있으니까.

예전, 모 방송에서 출연자를 상대로 최면을 걸어 전생을 보여주는 프로그램이 있었다. 최면에 걸린 사람에게 최면술사가 전생에 대해 물으니 과거를 짚어가는 어느 대목에서 크게 반응을 하면서 술술 이야기를 풀어내는 것이었다. 당시에 어찌어찌 살았고 무슨 일이 있었다는 내용을 술술 말하는 것이었다. 놀라우면서도 신기했다.

한데, 나는 그런 최면술사의 도움이 아니더라도 가끔은 유년의 추억을 더듬으며 어느 순간 어느 지점에서 불현듯 전율을 느끼는 경우를 경험한다. 그게 6~7세의 어린 기억으로 6·25전쟁을 치르던 전후 시절이다.

봄 햇살이 따뜻한 어느 날이었다. 나 혼자서 동네어귀로 찔레를 꺾으러 나갔다. 아직은 일러서 여느 풀들은 자라지도 않았는데 유독 찔레 순만은 한 뼘이나 나와 있었다. '웬 횡재냐' 하고 정신이 팔려 꺾기 시작했다. 나중에는 좀 더 많이 꺾을 요량으로 언덕 위로 올랐다. 그때였다.

아뿔싸! 나는 기겁을 하고 말았다. 바로 눈앞에 징그러운 뱀이 있었던 것이다. 하얀 것이 늘어져 있었다. 그만 그 자리에 발이 얼어붙고 말았다. '달아나야 한다.' 그러면서 정신을 차리고 내빼려다 슬쩍 다시 보았다. 그랬더니 그것은 살아있는 실물의 뱀이 아니고 뱀이 벗어 놓은 허물이었다. 그러니까 나는 실제의 뱀을 본 것이 아니라 가짜를 본 것이었다. '후유!' 한숨이 나왔다. 한데, 그것도 잠시였다. 안도의 숨을 미처 내쉬기도 전에 이번에는 정말 근처에서 실물의 뱀과 마주치고 말았다. 놈은 모습을 감추려고 나무 등걸이 있는 땅속으로 들어가는 중이었다.

그걸 보니 이전보다 더욱 소름이 끼쳐왔다. 그것은 마치 썩은 새끼줄이 흙 속에 묻힌 모양이었는데 그렇게 징그러울 수가 없었다. 하나 나는 이미 한번 크게 놀란지라 용기를 내어 그놈이 굴속으로 차츰 사라지는 모습을 지켜보았다. 보노라니 녀석은 단번에 쑥 들어가는 것이 아니라 굴속을 점검이라도 하는지 멈칫멈칫 하면서 꼬리를 감추었다. 마침내 그 구멍이 드러났다. 빠끔하게 뚫린 그 구멍은 한눈에도 으스스했다.

그즈음 나는 자주 내(川)에 나가 놀았다. 무료함을 달래려는 생각이었다. 전쟁 중이긴 했지만 남녘 산골은 총소리가 들리지 않고 평온했다. 물놀이는 주로 보(洑)를 막아놓은 상류 계곡에서 했다. 그곳은 물도 맑을 뿐 아니라 다슬기와 가재가 많이 살았다. 그것들을 잡다보면 금방 한나절이 지나갔다. 가재는 뒷걸음치기의 명수였다. 돌 밑에 숨어 있다가 그걸 뒤집으면 순간 달아나다가 안 되겠다 싶으면 집게발을 높이 치켜들고 공격 태세를 취했다. 그렇지만 그것은 허세에 불과했다. 엄지와 검지를 이용해 냉큼 들어 올리면 꼼짝 못하고 잡혀 올라왔다. 그런 것들을 잡으며 놀다가 심드렁해지면 방법을 바꾸었다. 모래성 쌓기와 우물파기를 하였다.

그때 보던 광경이다. 시간이 일러 아직 해가 높게 뜨지 않을 때다. 이때는 풀잎마다 이슬방울이 은구슬처럼 총총히 맺혔다. 그걸 보노라면 감탄스러웠다. 떠오르는 햇살을 받고 그것들은 보석인 양 반짝거렸는데 그렇게 영롱해 보일 수가 없었다. 이 세상에 이처럼 아름다운 것이 또 있을까. 바라보며 넋을 잃었다.

그때 보니 이슬방울들은 온전히 그대로 매달려 있는 게 아니었다. 끊임없이 얹히는 하중에 의해서 자리이동을 하면서 아래로 굴러 떨어졌다. 그럴라치면 풀잎은 미세한 반동을 일으키며 파르르 떨었다. 나는 성인이 되어서 그걸 생각하며 때때로 초로인생(草露人生)이란 의미를 짚곤 한다.

이슬은 풀잎에 얹어있는 동안이 순간에 지나지 않았다.

해가 중천에 떠오르고 햇살이 곧추 비추면 이번에는 물그림자가 볼만 하였다. 물가의 버들개지들 사이로 투시된 햇살이 어른어른 물그림자를 만들어 놓는데 그것이 바람에라도 살랑대며 움직이면 물속에서는 이색정경이 연출되었다. 어떤 날은 그 물속에 새털구름이 내려앉고 높은 하늘은 그 높이만큼이나 깊은 수심을 연출하여 어찔어찔 현기증을 나게 만들었다.

그런데 내가 정작 잊을 수 없는 일은 6·25전쟁 막바지 때이다. 내 나이 일곱 살 때로, 큰댁이 큰 화마에 휩싸였다. 자연 발화가 아니고 지방 폭도들이 지른 불 때문이었다. 함께 어울려 사는 동네에는 그런 나쁜 짓을 할 사람이 없었는데, 인동에는 반란군 동조자가 많아서 그들이 몰려와 불을 놓은 것이었다. 얼마나 사전에 안방까지 장작을 쟁여 넣고 불을 질렀는지 타는 속도가 채 두 시간이 걸리지 않았다.

나는 그 상황을 잊지 못한다. 사람들의 왁자한 소리를 내며 허둥대는데 골목 안을 보니 맹렬한 화마의 불길이 대낮 같았다.

"불이야, 불이야!"

다급하게 외치는 소리가 귀청을 찢었다. "이걸 어쩌나." 소리와 함께 "나쁜 자식들." 하는 탄식소리가 함께 뒤엉켰다. 곳곳에서 "물, 물, 물!" 외치는 소리가 다급했다. 한마디로 그런 북새통이 없었다. 나중에 불은 꺼지긴 했지만 남는 것은 아무것도 없었다. 그저 활활 타는 불길만 지켜본 셈이었다.

끝까지 "어떤 놈도 불을 끄면, 가만 두지 않겠다."는 엄포에 초기 진압을 못한 탓이었다. 나중에 보니 빈 집터에는 쇠붙이란 쇠붙이는 모두 녹아내리고 형태조차 찾아보기 어려웠다. 그만큼 불길이 맹렬했던 것이다. 돌아보면 나는 그때는 참으로 철부지였다. 그 불탄 자리에 나가서 사촌형과 둘이 호미를 들고 엽전을 캐고 놀았는데, 당시는 전혀 그 재앙의 의미를 알지 못하였다. 그 불탄 자리에 백부님과 아버지가 서서 침통한 표정을 짓던 모습만 어렴풋이 기억날 뿐이다.

그때가 언제인가. 그 세월도 어언 반세기 지났다. 연상은 질겨서 그때 겪은 일들은 지금도 잊혀지지 않고 뇌리에 깊숙이 각인되어 있다. 그런데 역설적이게도 그중 어떤 기억들은 글을 쓰는 감성을 자극하는 밑천이 되어 주고 있는 게 아이러니하다.

말하자면 눈부시게 빛나던 이슬방울의 관찰은 내 심성을 맑게 해주었고, 섬뜩하리만치 소름끼친 뱀과의 조우와 불에 탄 집터를 지켜보던 어른들의 처연한 모습은 내 문학의 체험과 정서적 자산이 되어서 작품 속에서 되살아나게 하는 것이다. 각인의 효과라고나 할까.

(1990.)

눈 오는 날의 서정

누구는 우산을 쓰고 걷는 기분이 좋아서 비 오는 날 일부러 산책을 한다지만, 나는 개띠 해에 태어나서인지 눈이 내리면 즐겁고 그런 눈길을 걷는 것이 좋다. 지난밤에는 잠들기 전 눈발이 흩날리는 것을 보고 잠자리에 들었다가 아침에 일어나 보니 온 천지가 은백으로 도배가 되어 있었다. 그걸 보노라니 문득 딴 세상에 온 기분이었다. '월백 설백 천지백'이라더니 과연 그런 황홀경이었다.

어찌 이 좋은 풍경을 놓칠 수 있을까. 나는 달뜬 기분으로 집을 나섰다. 특별히 목적 삼고 갈 데가 있어서가 아니라 그냥 무작정 걷고 싶었다.

인도는 지나간 사람이 없어서 얼룩 하나 없었다. 발을 내디디니 마치 선구자나 개척자라도 되는 기분이다. 걸음을 떼놓을 때마다 쌓인 눈은 사각거린다. 주위를 보니 가로수는 몽롱하게 취해 있고 콘크리트 구조물인 아파트는 무거운 침묵 속에 묻혀 있다.

나는 가슴을 짓눌리는 듯한 아파트 모퉁이를 빠져나오다 말고 어느 지점에서 그만 흠칫 놀라고 말았다. 눈의 무게에 짓눌려있던 동백나무가 한 무더기의 눈을 부려놓는데, 그 속에서 선홍색의 동백꽃이 각혈이라도 해놓은 듯 붉게 피어 있었던 것이다. 강열한 인상이 발을 얼어붙게 했다. 살며시 다가섰다.

'참 아름답구나!'

나의 입 속에서는 그저 이 말밖에 나오지 않았다. 그런데, 그 꽃을 보는 순간, 뇌리에서는 요동치듯 스치는 또 다른 정경이 펼쳐지는 것이었다. 그것은 다름 아닌 바로 어릴 적에 노상 대했던 큰방 벽면에 걸렸던 횟대보의 그림. 정중앙에는 붉은 모란꽃이 자리잡고 가장자리로는 당초무늬가 태를 두른 수예품. 이 동백꽃이 마치 그걸 닮아서였을까.

그건 다른 게 아니었다. 누나가 시집갈 때 혼수품으로 지참하려고 준비하면서 먼저 견습 삼아 만들어서 걸어놓았던 것이다. 그걸 만들기 위해 누나는 겨울 한철을 꼬박 수틀을 끼고 씨름을 했다. 당시 누나는 큰집에 가서 수를 놓았다. 남녀칠세부동석(男女七歲不同席)이 확고하게 지켜 내려오던 시절이라 외출이 쉽지 않았지만, 큰댁만큼은 동갑내기가 있어서 허용이 됐던 것이다.

그때 보면, 방 가운데 촛불을 밝혀놓고 이웃에서 온 처녀들과 함께 둘러앉아 수를 놓았는데 그야말로 한 땀 한 땀 정성을 다했다. 나는 누나의 경호원 역할을 하면서 많이 보았는데, 그것도 아무렇게나 하는 게 아니고 순서가 있었다.

먼저 밑그림 아래 먹지를 대고 연필로 본을 뜬 다음, 그림을 수틀에 끼우고는 설명에 따라 색실을 가위표 혹은, 빗금으로 수를 놓아 나갔다. 그것도 한 겹만 놓은 게 아니고 꽃송이가 돋보이게 하기 위해 색실을 달리하여 이중으로 처리했다. 그런 작업을 하기 위해 공책 갈피에는 색깔이 다른 색실들이 종류별로 끼어놓고 있었다.

그 실의 상표명은 '불란사'. 묶음의 띠에는 조금은 촌스럽게도 '안 빠지고 안 변하는 구멍 불란사'라고 적혀 있었다. 그런 색실로써 밑그림을 따라 바늘이 움직이면 마치 요술이라도 부린 듯 소담스런 꽃송이가 피어나고, 나뭇가지가 새겨지고 꽁지 짓을 해대는 까치나 참새가 그려졌다. 나는 큰방에 횃대보가 걸리던 날을 잊지 못한다.

그것이 벽면에 쳐지자 분위기가 일순 바뀌어졌는데, 어수선한 옷가지가 감추어진 위에 그 피어난 화사한 꽃이 그리도 보기 좋았다. 누나가 외출 시는 꼭 나를 대동했다. 부모님의 걱정을 떨쳐버리게 하기 위해서였다. 그러면서 보게 된 또 하나의 정경으로 잊혀지지 않는 것은 스무고개 놀이와 속담풀이다. 눈은 수틀에 고정하고 이런저런 놀이를 하는 것이었는데, 때때로는 공책을 펴놓고 그곳에 적어놓은 노래가사를 외우며 연습을 했다.

그때는 그런 것이 무료해서 그런가 보다 생각했는데, 나중에 생각해 보니 그것도 일종의 결혼준비 행위였던 것이다. 당시의 결혼풍습이 첫날밤에는 으레 신랑을 다림질을 하면서 신부에게 노래를 시키곤 했는데, 그것을 대비한 것이기 때문이다. 그 시절이 언제인가. 벌써 반세기가 훌쩍 지났다. 생각하면 그 시절은 모든 게 궁색하고 행동하기도 자유롭지 못한 때였지만, 그래도 노상 갇혀 있지 않고 숨통을 트여주던 구실을 해준 것은 그런 수놓기가 아니었는가 한다.

나는 흰 눈 속에서 고개 내민 동백꽃을 보면서 또 하나 아련한 모습을 떠올리고 있었다. 누나를 부르려 토방 가까이 다가가면 늘 촛불을 가운데 두고 다소곳이 머리를 맞대고 앉아서 수를 놓던 모습이 창호 문에 어리어 비추곤 했는데, 그 실루엣이 다시 떠오른 것이다. 그 속에는 나이 들지 않은 누나가 그대로 있었다.

(2002.)

생존을 위한 진화

전해오는 말에 의하면 한겨울을 보낸 두루미는 시베리아 북쪽에 있는 타라우스 산을 넘어간다. 그런데 이곳은 독수리 서식지로서 적잖은 두루미가 희생이 되는데 늙은 두루미는 용케도 독수리를 피해서 목적지에 이른단다. 독수리는 시끄럽게 우는 두루미 소리를 듣고서 사냥에 나서는데 늙은 두루미는 방비를 하기 때문이란다. 즉, 입에 돌을 물고서 목에서 나오는 소리를 제어한다는 것이다.

한편, 중국에 사는 기러기는 겨울이 되면 양자강 남쪽으로 향한다. 이때는 잘 먹지를 못해 몸이 가벼워져서 높이 날지만 반대로 봄에 돌아갈 때는 살이 쪄서 잘 날지를 못한다. 이때를 이용하여 양자강 어부들은 그물을 쳐놓고 낮게 나는 기러기를 잡는다. 한데, 대다수의 기러기가 갈대를 꺾어서 가로로 물고 그물에 걸리는 것을 피해간단다.

여기서 함로(銜蘆)라는 말이 나왔다. 이는 바로 기러기가 갈대를 물고서 난다는 뜻이다. 얼마나 지혜로운 생존본능인가.

사람이라고 해서 어찌 다를까. 환경에 적응하는 능력이야말로 타의 추종을 불허할 것이다. 북방계인은 비교적 눈과 콧속이 좁다고 한다. 그것은 인체의 열이 최대한 빠져나가지 않도록 하기 위한 진화라고 한다. 반면에 남방계인은 눈이 크고 콧속이 넓은데 더위를 피하기 위한 진화라고 한다.

열대지방의 어떤 종족은 오줌 누는 걸 불과 몇 초 만에 해결하는데 늪지대에 어찌나 거머리가 많은지 물리지 않으려다보니 그런 능력을 갖게 되었다는 것이다.

이밖에도 우사인 볼트가 단거리 신기록을 낸다든지, 엄홍길이 세계의 고봉들을 차례로 정복한 것 말고도, 인간이 조성해놓은 마추픽추의 산정도시나, 페트라의 암벽도시. 그리고 인공위성에서도 보인다는 중국의 만리장성을 축성한 것을 생각하면 앞으로의 인간은 어디까지 진화할지 기대가 모아지지 않을 수 없다.

얼마 전에 TV를 통해서 특집방송을 보았다. 그야말로 인간이 극한상태에서 어떻게 생존하는가를 보여주는 감동적인 다큐멘터리였다. 그것을 보면서 전율이 느껴진 것은 다른 것 때문이 아니었다. 주어진 환경에서 최대한 적응하며 살아가는 모습들 그 자체가 감동이었던 것이다. 불리하면 불리한 대로 적응해가며 극기의 삶을 살아가는 지혜가 놀라워서 절로 경의를 표하게 만들었다.

먼저 보게 된 것은 엄두가 나지 않는 나무에 오르는 광경이었다. 케냐의 밀림 속에 사는 소수민족이 가장이 위험한 도전을 시도하고 있었다. 나무둘레가 2미터, 높이가 무려

40미터가 넘는 거대한 나무를 도끼를 지참하고 칡넝쿨에 의지하여 오르고 있었다.

그 위험천만한 작업은 벌꿀을 채취하기 위한 것이었다. 가장은 오르다가 가끔씩 도끼로 나무를 찍어 버티는 자리를 마련했다. 그러면서 다리에 쥐가 나면 한참을 쉬곤 했다. 그 모습을 가족들은 아래에서 초조하게 지켜보고 있었다. 가장은 마침내 벌꿀이 가득한 밀랍을 꺼내고 있었다. 그의 득의에 찬 모습은 그야말로 인간승리를 연상케 하였다. 그런 힘과 용기는 어디서 나온 것일까. 식솔을 이끄는 가장의 사명감이 아닌가 싶었다.

다음에 보게 된 것은 작살잡이다. 인도네시아의 어느 부족으로 그곳은 농토가 없고 오직 생업을 바다에 의지하고 있었다. 그곳의 어린이들은 어려서부터 작살기술을 익히는데 10미터도 넘는 높이에서 뛰어내리며 장대를 목표물에 내리꽂는 연습을 하고 있었다.

그렇게 연마한 실력으로 성인들은 바다로 나가 대형 가오리를 잡거나 고래를 사냥했다. 그들은 발동선도 사용하지 않으며 오직 노를 저어 목표지점에 다가가 고래가 출현하면 일격에 숨통을 끊어놓았다. 살아남기 위한 생존본능이 놀라운 작살솜씨를 보여주고 있었다.

이에 비해서 해상가옥 생활을 하는 동남아 어느 부족은 인간이 얼마나 진화할 수 있는가를 보여주었다. 물안경을 쓰고서 거의 2분여를 물에 들어가 참아내는 놀라운 잠행능

력을 보여주고 있었다. 바다 속에서는 헤엄을 치는 것도 모
자라 아예 땅바닥을 딛고 걸어 다니는데 과연 인간이 저리
할 수 있는 것인지 눈을 의심케 했다.

북극에서 이글루를 짓고 사는 에스키모인은 더욱 놀라운
생존능력을 발휘하고 있었다. 눈이 덮인 빙판을 가로질러
순전히 육감에 의한 노하우로 한 지점을 택해 얼음을 깨고
들어가서 홍합을 채취해 나오는데 입이 쩍 벌어졌다.

어떻게 눈에 보이지 않는 지점을 선정하여 정확히 뚫고
들어가 바위에 붙은 홍합을 채취할 수 있단 말인가. 그것도
간조 때를 맞추어 기껏 30여 분의 한정된 시간에 신속하게
작업을 마치고 나올 수 있는지 그야말로 인간승리의 한 장
면을 보여주는 것이었다.

그것을 보면서 나는 하나의 확신을 가지게 되었다. 노아
의 방주에서처럼 아무리 세상을 쓸어버리는 재앙이 닥친다
해도 맷돌 속에서 좀이 살아남듯이 인간은 살아남을 거라
는 확신이었다.

그렇게 저마다 주어진 환경에서 적응하고 사는데 뜨거운
열수에서도 생명체가 살아가듯이 살아남지 않을까 싶었다.
방송에서는 그런 모습을 〈한 끼의 식사〉로 제목을 달았지
만 나의 눈에는 위대한 인간의 생존적응력, 지혜 개발을 넘
어 인체마저도 진화시켜 가는 것을 보면서 그 무한한 잠재
력에 전율할 수밖에 없었다.

(2016.)

3부

평형수

개미지옥에 빠져든 개미를 생각하며

우리의 옛 가요 중에는 제목 뿐 아니라 곡조가 특이한 노래가 있다. 〈화류춘몽(花流春夢)〉이 그것인데, 나는 그 노래의 제목을 보면서 직감적으로 아, 이것은 '기생의 노래구나' 생각했다. 은연중에 누구나 꺾어도 되고 꺾일 수 있게 길가에 늘어진 버들이나 담장 밑의 꽃을 이르는 말, 노류장화(路柳墻花)가 연상됐기 때문이다. 가사는 더욱 영절스레 기생의 애환을 그려놓고 있었다.

꽃다운 이팔청춘 울어도 보았으며/ 철없는 첫사랑에 울기도 했더란다// 연지와 분을 발라 다듬은 얼굴위에/ 청춘이 바스러진 낙화신세/ 마음마저 기생이냐 기생이 원수다

늦은 시각, 우연히 가요무대를 시청하다가 접한 노래였다. 듣고 있노라니 가사뿐만 아니라 곡조 또한 구슬프기 짝이 없었다. 어느 시대 누가 불렀던 노래일까 싶어서 인터넷을 뒤졌다. 찾아보니 이 노래는 일제강점기에 이화자라는 여가수가 불렀다고 한다. 그녀는 1916년생으로 13세에 권

번에 들어가서 기생이 되었는데 노래를 잘 불러서 어느 레코드 사장에게 발탁됐다.

　나는 노래를 듣다가 문득, 또 다른 환경 속에서 뭇 사내들의 노리개로 살아가지 않으면 아니 되었던 한 여인들을 떠올렸다. 이야기는 1980년대 초로 거슬러 올라간다. 그때 나는 사창가가 밀집해 있는 지역에서 근무를 하고 있었다. 자원한 것이 아니라 상관의 일방적인 발령에 의한 것이었다. 지역 풍기가 문란하여 민원이 끊이질 않던 차에 적임자로 낙점을 받아 정화책임을 띠고 차출된 것이었다.

　내키지는 않았지만 지휘관의 뜻에 따를 수밖에 없었다. 하지만 걱정이 되는 것은 어쩔 수 없었다. 풍기 문란이라는 것도 생업이 걸린 문제로 섣불리 대응하기가 어려웠기 때문이다. 주민들은 윤락녀들이 거리를 활보하는 바람에 집값이 폭락할 뿐 아니라 아이들의 교육에 지장이 있다는 것이고, 업주는 업주대로 생업을 보장해 달라고 하소연을 하니 뾰족한 대책을 내놓기가 마땅찮았다.

　그렇지만 민원은 해결해야만 했다. 경찰의 존재의미를 거론하며 일차적으로 지역에서 해결을 못해 주면 상부로 민원을 내겠다는 협박이 가해왔다. 지역에서 파출소는 이미 신용을 잃고 있었다. 당연히 전임자는 무능한 사람으로 낙인이 찍혀서 물러난 상태였다. 이런 상황에 이르러 내가 그 자리로 가게 되었으니 어찌 금방 수습이 될 일인가.

　그렇다고 손을 놓고 있을 수는 없어서, 아니 그것이 현안

이어서 실정을 파악하는 일부터 하지 않으면 아니 되었다. 그러나 파악할수록 난감하기만 했다. 금방 칼로 무 베듯 단번에 해결할 수 있는 일이 아니어서 매일같이 단속을 단순 반복해야 하는 일을 각오해야 했다.

역시 문제는 청객(請客)행위였다. 찾아오는 손님만 받으면 그래도 민원을 잠재울 수가 있겠는데 업주 간 경쟁을 치열하게 하니 하루하루가 진땀을 빼는 일이었다. 네가 법을 어기니 나도 그럴 수밖에 없다는 식이어서 치안유지를 어렵게 만들었다. 나는 마침내 2백여 명이 넘는 업주들을 한곳에 불러 모았다. 청객행위의 허용 범위를 정하여 지침을 주기 위해서였다.

나는 그런 과정을 거치고 또 단속을 하면서 그동안 감춰진 일면의 뒷모습을 보게 되었다. 우선 어두운 밤, 붉은 불빛 아래서 드러난 모습은 얼핏 보면 아름다운 모습이지만 막상 날이 밝고 보면 딴판으로 변했던 것이다.

그러므로 여기서 내가 〈가요무대〉의 애절한 노래를 들으면서 그런 윤락녀의 생활을 떠올린 건 가당치도 않을지 모른다. 옛날의 기생은 내가 언급한 윤락녀와는 환경이나 품위 면에서 비교할 수가 없기 때문이다. 하지만 그렇더라도 돈을 벌기 위해 웃음을 팔고 몸을 판다는 점에서는 다르다고는 하지 못할 것이다.

당시 내가 본 윤락녀들은 철저히 뒤바뀐 생활을 하고 있었다. 그러니만큼 건강도 온전한 사람이 드물었다. 짙은 화장으로 얼굴과 표정은 감추고 있으나 실상은 병색이 가득하여 낮에 드러낸 모습은 차마 보기 어려울 정도로 누렇게 떠서 가엾기 짝이 없었다.

그러니 스스로 찾아들거나 못이긴 척 이끄는 손길에 하룻밤을 새운 사람은 미녀를 품에 안았다는 희열을 느낄 법도 하지만 아마도 다음날 화장을 지운 맨얼굴을 보았다면 경악을 금치 못했을 것이다. 그러니 그런 윤락행위는 권장할 일도 아니지만 건전한 직업이라고 할 수도 없다. 우선 몸을 망치는 첩경이 아니던가.

한편, 그녀들이 사창가로 흘러들어온 경로를 보면 다양했다. 돈을 많이 벌 수 있다는 꼬드김이나, 호기심에 찾아들기도 하고 심지어는 팔려오는 경우도 적지 않았다. 나는 그녀들의 삶을 개미지옥에 빠져든 개미라고 생각했다. 한 번 빠져들면 헤어나지도 못할 뿐 아니라 발버둥을 칠수록 자꾸만 더 깊은 수렁으로 빠져들기 때문이다. 이때의 먹이사냥꾼은 그곳을 지키는 명주잠자리 애벌레이듯이 옆에는 포주가 도사리고 있다.

그들은 이중삼중의 감시망을 구축하고 도망치는 것을 막는다. 하지만 전혀 빠져나갈 길이 없는 건 아니다. 개미지옥에서 발이나 날개를 물어뜯기면서도 살아나오는 녀석들이 있듯이 용기만 있다면 얼마든지 소굴에서 탈출할 방도는 있는 것이다.

신분이 미성년자라면 당연히 법의 보호를 받을 수 있고,

부당한 빚에 발목이 묶여 있다면 법에 호소하는 방법도 있다. 그런데도 탈출하지 하지 못하는 것은 자포자기한 측면도 없지 않았던 것이다.

세월이 많이 지난 지금 문득, 그 많던 윤락녀들은 어디서 어떻게 살고 있을까 궁금해진다. 아무래도 정상적인 생활보다는 생활은 더욱 피폐해지고 병마에 시달리고 있지 않을까. 그런 생각을 하니 한줄기 아픔이 서늘하게 스쳐간다.

나는 가요무대가 끝난 뒤에도 한참이나 자리를 뜨지 못했다. 폐부를 찌르는 절창이 귀청을 울리고 있었지만 어떤 감동은 전해오지 않았다. 그것은 아마도 반성하는 마음이 커서일지 모른다. 왜냐하면 나는 당시에 그들을 대하기를 단속의 대상으로만 여겼지 보호의 대상으로 생각하지 않고 있었다. 그 점이 많이 후회가 된다.

(2012.)

일어서는 소리

잠들어 있던 소리들이 스멀스멀 깨어 일어나고 있었다. 병실 침상에서 아내의 머리맡을 지키고 있자니까 미세한 소리들이 갑자기 수런거리기 시작했다. 그러더니 그 소리들은 차차로 커지면서 정체를 드러내고 있었다. 모두가 잠들어 있는 심야, 그 은밀한 시각에 소리들은 차차로 제 목소리를 내고 있었다. 고요란 고요는 모두 모인 곳. 덤불 속에 도깨비 모이듯이 짓눌려 있는 침묵의 공간에서 소리들은 주위의 소음이 잦아들면서 침전하자 그 틈을 비집고 나와서 외치고 있었다.

나는 그걸 보면서 소리가 일정한 형상이 없다는 게 얼마나 다행인가 생각했다. 그리고 한곳에 머물러 있지 않고 흐르고 흘러 이내 사라지는 것이 또 얼마나 다행인가 생각했다. 아마, 이 세상에 널려 있는 소리들이 개 눈에 바람 보이듯 그렇게 모두 비쳐 보인다면 참으로 혼란스러울 것이다. 그런다면 아마도 공간은 혼돈으로 가득하지 않을까.

사람이 숨 쉬는 이 대기 중에 대저 얼마큼이나 많은 소리가 엉켜서 떠돌고 있을까를 생각해 본다. 사람 소리, 짐승

소리, 그밖에 기계음 소리…. 공중파를 잡아내는 TV며 휴대폰 전화기 소리까지, 상상만 해도 머리가 어지러워진다. 이런 소리들은 어떻게 숨어 사는 것일까. 우선 두 가지가 떠오른다. 하나는 징처럼 울림판에 박혀 있거나, 아니면 운지버섯처럼 켜켜이 쌓여 있지 않을까. 부챗살 같은 그 속에서 밀랍의 형태로 벌이 꿀을 쟁이듯 가득 짓눌려 있다가 나오지 않을까.

아내의 병상을 지키면서 요즘 나는 여러 소리를 만나고 있다. 늦은 밤, 청묵빛 어둠이 창가로 밀려와 칠흑의 바다를 이루는 밤이면, 창문 밖에 압사시킬 듯 하중을 못 이긴 어둠 덩이가 일시에 쓰러져 내릴 것 같은 기분이 든다. 그러하면서도 참 용케 얇은 유리창 하나로 버티어 내는 것이 신기하다.

어디서 소리가 들려왔다. 아주 작은 소리다. 그 소리는 어디에 숨어 있었는지 좀 전까지도 미처 들어보지 못한 소리였다. 시계 초침의 재깍거리는 소리다. 그리고 이어서 창밖의 여린 바람 소리가 들린다. 환자들의 가녀린 숨소리가 들려온다. 낮에는 물론, 초저녁 때까지도 전혀 감지되지 않던 소리다. 그러고 보니 병실 안은 낮에 환자들끼리 나누던 세상 살아가는 이야기, 문병객들의 위로 말소리, 회진 의사의 신발 소리와 식판 옮기는 소리가 넘쳐 났었다.

그리고 밖에서는 그보다는 훨씬 큰소리, 예컨대 실내 확성기를 통하여 딩동댕 소리를 신호로 주차장의 차를 빼달라는 큰 마이크 소리, 보수공사 도중 간간이 이어붙이기 작업을 하면서 내는 소리가 요란하였다. 그 소리들이 지금은 작은 소리들에게 자리를 양보하고 뒷전에 나앉아 있는 것이다.

그 공간 속에서 아내의 가는 숨소리가 들려온다. 전에는 아내의 숨소리가 이처럼 크게 들린 적도, 들어 본 적도 없었다. 나는 잦아드는 숨소리를 들으면서 마음속으로 간절히 아내의 빠른 쾌유를 빌고 있었다.

(2003.)

이비(耳鼻)에 관한 단상

사람과 짐승을 막론하고 눈으로 보아 무섭거나 혐오스러운 것은 금방 알아챈다. 바라보는 순간 0.01초도 안 되어 눈에 들어온 영상이 대뇌에 전달되어 인식하기 때문이다. 그 외에 소리나 냄새로 인식하는 것은 눈으로 직접 보는 것이 아니니 순전히 후천적인 학습에 따른다. 만약에 그로 인한 것을 어디서 볼 수 있다면 그것은 철저한 학습 결과라고밖에 볼 수 없다.

그 좋은 예로써는 우선 두 가지가 생각난다. 그것은 각각 냄새로 인식하는 것과 말소리로 전해지는 것이다. 먼저 냄새로는 '호분(虎糞)'의 위력이 아닐까 한다. 그리고 말소리로는 '애비' 또는 '에비야'를 들 수 있다.

먼저 호분 이야기이다. 언젠가 TV에서 본 것인데 어느 산골마을은 동물원에서 호랑이 똥을 가져와 밭두렁에 뿌려 두고 있었다. 어떻게나 멧돼지와 노루가 자주 출몰하여 농작물을 망쳐놓던지 고심을 하던 끝에 착안한 것이었다. 밤잠을 자지 않고 저녁이면 소리 낼 수 있는 기구를 동원하여 두들겨도 보았으나 허사였다.

낙심천만, 퇴치방법을 찾지 못하고 있는데 마을의 한 노인이 제안을 했다. 백수의 왕인 호랑이 똥을 구하여 한번 뿌려보면 어떻겠느냐는 것이었다. 제안이 받아들여져 그렇게 해보았는데 결과는 대만족이었다. 이후로 멧돼지는 물론 고라니도 얼씬하는 법이 없었다.

한반도에서 야생 호랑이가 사라진 지는 이미 50여 년 전이다. 6·25 종전 무렵 전남 영광 불갑사 부근에서 포수에 의해 사살된 것이 마지막으로 알려져 있다. 그렇다면 지금의 들짐승들은 보았을 리가 만무한데 어떻게 그런 일이 일어날 수 있을까. 지금의 짐승들 DNA 속에 공포로 각인되어 있지 않고서는 어림도 없는 일이며 이해하기가 어렵다.

또 다른 예로 들고자 하는 말도 마찬가지다. '에비야'라는 말인데, 얼핏 들으면 아무렇지도 않는 말이다. 아니, 다른 민족이 들으면 그냥 평범한 말로 들을 것이다. 그러나 우리에게는 그렇지 않다. 공포의 말로 인식하고 느끼고 산다. 오죽하면 우는 아이를 달래거나 고집피우는 걸 못하게 할 때면 '에비야—'라고 할까.

이것은 알고 보면 슬픈 우리의 역사가 담겨져 있다. 400여 년 전 정유재란이 일어나면서 우리 백성들은 재침한 왜적으로부터 코와 귀를 도륙 당했다. 도요토미 히데요시가 전과를 눈으로 확인하고자 지시한 것을 따른 만행이었다. 그는 구체적으로 방법까지 제시하며 소금에 절여 단지에 담아 보내라고 했다.

그래서 아비규환 속에 백성들의 코와 귀가 잘려나갔다. 반항하면 살육하는 것도 서슴지 않았다. '에비야는 바로 여기서 비롯된 것이다. 이 말은 귀와 코를 지칭하는 것으로 '에' 자는 귀 '이(耳)' 자가 세월이 지나다보니 변용된 것이다.

대저 얼마나 치가 떨리고 무서웠으면 그런 말이 오늘에 이르도록 퍼진 것일까. 그리고 칭얼거리는 아이나 위험한 짓을 못하게 할 때면 무의식중에 쓰는 것일까. 왜군은 정유재란을 일으키면서 이번에는 호남 곡창지대를 유린했다. 그 바람에 주로 피해는 남녘. 그중에서도 남원고을이 많이 입었다.

왜적은 도공 납치도 노리는 한편, 백성들 코와 귀를 베기에 혈안이 되었다. 남녀노소를 가리지 않고 어린 아이도 예외를 두지 않았다. 그 바람에 왜군이 들이닥친 고을에는 통곡소리가 넘쳤다고 충무공 진중일기에서 당시 참상을 상세히 전하고 있다.

이런 짓은 과연 무엇을 뜻하는가. 얼굴 훼손은 단순히 그것으로 그치지 않고 우리 민족의 정체성을 뭉개고 혼과 얼을 난도질을 했음이다. 이목구비가 무엇인가. 한 사람의 인격이면서 식별의 부위가 아니던가. 그렇다면 목숨부지하며 산다한들 죽은 것이나 무엇이 다를 것인가.

우리의 아픔이 이러한데, 그들은 그것을 모아서 자랑스럽게 전승의 무덤을 조성해 놓고 있다. 교토를 비롯하여 여러 곳에 무덤을 조성해 놓고는 이총(耳塚)이라며 구경거리로 삼고 있다. 안내판에는 차마 자기들도 잔인하다 생각했는지 이비총(耳鼻塚)이라고 써놓지 않고 가로로 비(鼻) 자만 넣어 병기를 해놓고 있다.

졸지에 코와 귀를 잃은 백성들은 그 상처를 감추기 위해 안대처럼 만든 헝겊으로 코 부위를 평생 가리고 살았다고 하니 생각만 해도 피가 거꾸로 치솟는다. 산천을 떠돌며 지새운 그 피울음소리는 얼마나 처연한 것이었으랴.

우리는 그 아픔을 차마 잊지 못하는데 그들은 또다시 수백 년이 지난 뒤에 침략하여 고통을 주었다. 우리나라를 강제로 합방 시킨 후 독립군의 목을 베고 그 시체 옆에서 웃으며 담배까지 꺼내 피우기까지 했다. 그리고 독립운동가를 잡아들여 마루타로 생체실험을 감행했다. 생각하면 할수록 불편하기 짝이 없고 상종하기 어려운 그들이다.

새삼 '에비야의 슬픈 유래를 떠올려 본다. 뼛속 깊이 새겨진 공포의 DNA을 떠올리지 않을 수 없다. 얼마나 그 말이 치를 떨게 만들었으면 왜란이 일어난 지 수백 년이 지나도록 지금도 아이들의 울음을 뚝 그치게 만드는 것일까.

생각하면 이 말은 잊어서도 아니 되고, 가슴속에 담아두고 새겨야 할 일이 아닌가 한다. 그나저나 기억의 대물림이 마음을 무겁고 슬프게 한다.

(2015.)

평형수(平衡水)

바닷가에 묶여있는 선박을 볼 때면 문득 떠오르는 것이 있다. 평형수(平衡水)로서 이것은 배가 운항 시에 넘어지지 않고 균형을 잡게 하는 중요한 기능을 하는 물이다. 이것이 일반대중에게 알려진 일은 거의 없는데, 외부로 드러난 것도 아니고 선박관계자들만 인식하고 있는 사항이기 때문이다.

그런데 이것이 일반 대중에게 알려진 것은 바다 오염문제가 부각되면서부터라고 할 수 있다. 배의 균형을 잡기 위해 싣고 다니는 그 물이 해양생태계를 교란시키는 것으로 밝혀졌기 때문이다. 평형수를 바다에 배출할 때 외래종의 따개비와 홍합이 함께 흘러들었던 것이다.

기본적인 상식에 해당하지만 배는 균형을 잡는 것이 최우선이고 그 중심에는 평형수가 있다. 이것이 부족하거나 부조화를 이루면 심각한 문제점을 일으킨다.

내가 이것을 어느 정도 감지한 것은 전에 소주정을 타면서도 어느 정도는 알았지만 깊이 인식한 것은 전에 바닷가 근처에서 살 때 본 풍경 때문이었다. 이웃에 화물선을 부리는 선주(船主)가 있었는데 그의 집 앞에는 늘 돌이 수북이 쌓여있어 물었다.

"이 돌은 현무암 같은데 어디에 쓰려고 하는가요?"

"그냥 가져다 둔 겁니다."

대답이 싱거웠다. 한데 보충설명을 하는 과정에서 중요한 단서를 찾아냈다. 자기는 여수에서 생산한 연탄을 싣고 제주도를 왕래하며 장사를 하는데, 물건을 싣고 가서 돌아올 때 젓갈이나 그밖에 다른 화물을 실어온다는 것이다. 만약에 그게 없으면 대신 돌이라도 얹어서 와야 하는데 배의 균형을 잡기 위해서라고 했다.

아하, 그렇구나. 그때서야 느낌이 와서 고개가 끄덕여졌다. 여수와 제주 간은 파도가 거센 곳이 많아 난파에 대비함을 이해하게 되었다.

그래서 그 원리도 알아 볼 겸 인터넷에서 자료를 찾아보았다. 비교적 상세한 설명이 나와 있었다. 이 평형수는 국제적으로 질병이나 해양 오염방지를 위해 엄격하게 규제를 하고 있었다. 다른 나라에 정박할 때도 유류뿐만 아니라 이 평형수도 절대로 바다에 배출시켜서는 안 된다고 한다.

알려진 바로는 남해안에 많이 서식하는 진주 담치는 원래 외래종이었는데, 외국에서 담아온 평형수가 유출되면서 번식하게 되었단다.

바로 국제해상기구(IMO)에서 세부조항까지 만들어 규제하는 이유를 알 것 같았다.

이런 평형수를 생각할 때 느껴지는 것이 있다. 그것은 바로 평형수가 배의 균형을 잡는 요체라면 사람에게도 필연적으로 이런 기능을 하는 것이 필요하지 않을까 하는 생각이다. 자기를 제어하지 못하고 천방지축 날뛰는 마소처럼 내버려 둔다면 문제가 많을 것 같다. 수신제가(修身齊家)를 위해서도 적당한 제어가 필요하지 않을까 한다.

직장생활을 뒤돌아보면 아깝게도 능력 있는 사람들이 중도하차하는 일이 더러 있었다. 개인적인 불행이기도 한데 자기를 제어하지 못한 책임이 크지 않는가 한다.

나는 예전에는 성격이 여간 까칠하지 않았다. 바지 속에 든 송곳처럼 뾰족하니 삐어져 나오는 때가 많았다. 아집을 부리고 남을 배척하며 나만의 성을 높이 쌓고 남을 배려하지도 못했다. 그런데 최근에는 이런 성격이 많이 두루뭉술해졌다. 그것은 온전히 수행에 의해서 그리 되었다기보다는 처한 환경 때문이라고 생각되지만 아무튼 그러했다.

그런데 지금은 그렇지 않는 편이다. 아파 누워있는 아내 덕이라고 생각되지만 그것도 평형수가 되어 마음의 균형을 잡아준 점이 있다. 평형수의 활용을 또 다른 면에서 원용한 결과라고 할까.

(2006.)

과골삼천(踝骨三穿)

　조선 후기, 귀양 와서 강진고을에 머문 다산 정약용 선생에게 가르침을 청한 젊은이들이 많았다. 그들은 대부분 받아들여졌고 그 중에는 고희를 넘겨서까지 배운 황상(黃裳)이라는 제자도 있었다. 그에게 사람들이 물었다.

　"당신은 벼슬도 할 사람이 아니면서 공부를 십수 년이나 계속 할 것은 뭐요?" 이에 황상이 답했다.

　"스승은 과골삼천하도록 글을 쓰셨다네."

　과골삼천((踝骨三穿)은 여기서 비롯했다고 한다. 즉 복사뼈가 세 번이나 구멍이 날 정도로 서상 앞에 앉아서 집필활동에 매진했던 것이다. 이 말을 떠올리면 '몰두'와 '정진'이 그려진다. 이 말은 전자가 붙박혀서 무엇에 빠져드는 생각이 드는 반면에 후자는 진행형으로 읽혀진다. 물론 거기에는 '진(進)'이라는 글자가 앞으로 나아간다는 뜻을 담고 있어서인지 모른다.

　한데, 나는 이 말을 생각하면 '일상'과 '지금'이 다시 연상된다. 세상에서 가장 소중한 것은 소금, 그보다 귀한 것은 금이며, 그 금도 지금이 가장 귀해서일까. 일상은 두말할 것도 없이 매일매일 살아가는 일이고 지금이 '말하는 바로 이때'여서인지 모른다. 하면, 왜 이 말이 연상된 것일까. 그 것은 한정된 시간 내에서 폭이 다름은 있을지라도 어떤 글을 보았던 때문이 아닌가 한다.

바로 '유오지족(唯吾知足)'으로서 이것을 풀이하면 "오직 지족할 따름이다."라는 뜻이다. 장자의 거미이야기에 나오는 고사로, 옛날 원음사의 서까래 위에는 오래된 거미가 살고 있었다. 그 거미는 독경을 듣고 살면서 문리가 트여서 나중에 사람이 되기를 원하였다.

그 거미가 부처에게 말했다.

"저도 경륜을 펼칠 수 있게 사람으로 태어나게 해 주십시오."

"그대에게 안타까운 것은 무엇인가?"

"예, 아직 귀한 것을 얻지 못한 것입니다."

"그 다음으로 안타까운 것은?"

"이미 있던 것을 잊어버린 것입니다."

그러면서 "세상에서 가장 귀한 것은 일상이며 그 일상이 귀한 것입니다. 내세에서도 서까래 위에 앉아서 독경듣기를 원합니다. 오직 지족할 따름입니다." 했다. 그래서 또 유오지족이란 말이 생겨났다.

다시 주제로 돌아가 몰두와 정진을 생각해 본다. 공자님은 주역 책을 보면서 가죽 끈을 세 번이나 고쳐 맸다. 그래서 위편삼절(韋編三絕)이란 말이 생겨났다. 또 이와 관련한

한 분으로 추사 선생이 생각난다. 당신은 일생동안 벼루를 세 개나 구멍을 내고 붓을 천 자루나 소모했다고 한다. 얼마나 치열하며 집요한 용맹정진인가.

나의 관향조(貫鄕祖)가 모셔진 보성벌교 제각에는 '鵝山齋(아산재)'라는 편액이 걸려있다. 이 글씨는 내 고향에서 전설적인 서예가로 통하는 설주(雪舟) 송운회(宋運會) 선생이 쓴 것이다. 선생과 관련해서 전해오는 이야기가 있다. 마을 앞에 개천이 흐르는데 그곳은 항상 먹물이 흘렀다고 한다. 한지에 글을 쓰고 나중에 빨아서 다시 쓰기를 반복하느라 그리 됐다는 것이다.

자연스레 자신을 돌아보게 된다. 예술을 한답시고, 글을 쓴답시고 허풍을 치며 보낸 50년, 그중 등단한 지도 사반세기가 넘은 것을 제법 앞세우면서도 얼마나 몰두하고 정진했는지 부끄럽기 때문이다. 당연히 낯이 붉어지지 않을 수 없다. 태어나면서 생이지지(生而知之)로 깨달은 사람은 몰라도 곤이지지(困而知之)의 형편에서는 그저 열심히 하는 수밖에 없는데, 얼마나 깨달음을 주는 것인가. 정확한 소리 하나를 얻기 위해 최명희는 냇가에 앉아서 여울물 소리에 귀를 기울이고 달의 기운을 받기 위해 흡월(吸月)을 하면서 뜨락을 서성였다고 하는데, 얼마만한 진지함인가. 한데 나는 그런 간절함으로 절차탁마하며 글을 쓰고 퇴고에 매달려 보았던가.

기껏 흉내나 내본 정도이니 근처에도 가보지 못할 지경

인 것이다. 해서 통렬히 반성을 해보게 된다. 지금까지 태작일망정 750편쯤 작품을 썼으면 남들에게 기억되어야 하는데 아직 그렇지를 못함이다. 이는 순전히 역량부족 이전의 몰두와 정진이 부족했음이다. 그런 의미에서 과골삼천은 나에게 뼈아픈 가르침이다. 그리고 예화로 든 장자의 거미이야기는 아픈 채찍질이다.

이청준 소설가는 살아생전 국어사전을 세 권이나 걸레로 만들어 놓았다고 자백하지 않았던가. 모름지기 무엇을 이루기 위해서는 그런 치열함으로 무장하고 자신과의 싸움을 해야 하지 않은가 한다. 뒤늦은 자각이 밀려온다.

하나 마냥 의기소침하여 자포자기를 할 일은 아니지 않은가 한다. 그나마 실천을 하지 않고 손 놓고 있으면 흐르는 강물 위의 배는 떠내려가기 십상이듯 늦었지만 이제라도 몰두와 정진으로 노를 저을 수밖에 없지 않은가. 그것이 전해오는 전설의 함의이며 던져 주는 메시지가 아닐까.

(2015.)

와이브로 통신

연전에 의사면허를 받아 카자흐스탄 알마트로 떠난 동생이 하루거리로 근황을 전해온다. 와이브로로 무료통화가 가능해졌기 때문인데 음성이 중간에 끊기지도 않고 또렷하게 들린다. 이것 하나만 보아도 통신수단이 얼마나 획기적인 발전을 했는지 알 수 있다.

동생은 입국하자마자 알마트 시내 복판에다 '한국불교의료센터' 간판을 내걸고 병원을 개업했다. 그간 수년 간에 걸쳐서 들락거리며 수속을 밟아온 덕택이었다. 동생은 십여 년 전 불가에 귀의했다. 해외에서 불교선교 활동을 펼치면서 그곳 카자흐스탄에 사찰을 건립하여 포교하는 것을 목표로 하고 있다.

동생은 40여 년 간 침술에 매진해 왔다. 처음에는 수지침 개발자인 유태우 박사와 함께 수지침연구회에서 학술부장으로 활동했으며, 그 후로는 이병국 선생 등 국내 유명 침술사 밑에서 실력을 쌓아왔다.

그렇지만 밥벌이에도 신경 쓰지 않을 수가 없어서 대학 졸업 후에는 지방7급 공무원에 수석합격을 하여 도청소재지 광주의 한 동사무소에서 첫 직장생활을 시작하고, 다시 국가7급 공무원시험에 합격하여 홍성 원호지청으로 자리를 옮겨 생활했다. 그런 후에는 감정평가사 시험에 도전, 꿈을 이루어 사업가의 길에 나섰다.

한데 잘 나가던 동생이 하루는 나를 찾아와 충격적인 말을 꺼냈다. 동종업체 간에 경쟁이 치열하다보니 스트레스를 많이 받는데, 차제에 직장생활을 접고 다른 일을 해볼까 한다는 것이었다. 감정평가사라는 직장이 돈은 벌지만 매력이 없다는 것이었다. 그러면서 평소 심취해 있던 침술공부를 본격적으로 해보겠노라고 했다. 이때는 이미 결심이 선 상태인지라 나로서는 어떻게 말릴 수도 없었다. 동생이 이런 신상문제를 나에게 논의한 것은 여러 가지 면에서 이유가 있다.

동생은 막내로서 아버지를 초등학교 2학년 때 잃었다. 그러니 내가 장남은 아니지만 자연스레 보호자의 입장에 서게되었다. 그런데다 동생이 수지침 연구에 몰두해 있을 때 동생의 건의에 따라 침술공부를 하게 된 것도 계기가 되었다.

때는 1969년 말, 군 제대를 앞둔 내게 동생이 제의를 해왔다. 제대하면 직장잡기도 어려우니 앞으로 쓸모가 많은 침술공부를 했으면 좋겠다는 것이었다. 그래서 동생 의견에 따라 당시 서울에서 이병국 선생이 운영하는 '한국현대침구학연구회'에 등록했다. 그리하여 마침내 6개월 과정의 학업수료증을 받았다. 그때가 1970년 3월 30일이었다. 부대장의 배려로 주말에 한 번 외출을 나가서 교육을 이수할 수가 있었다.

동생은 이후 국내의 권위 있는 선생을 찾아다니며 사사했다. 그런 과정에서 사주와 관상에 일가를 이루고, 침술은 손꼽히는 실력을 갖추게 되었다. 특히 이론과 실무를 두루 익혀서 학문에도 정통하고 침술도 신묘한 지경에 이르게 되었다. 절과 암자를 떠돌면서 은둔생활을 해온 지 10여 년 후, 세상에 나온 뒤에는 주로 은밀히 불려 다니며 의술을 펼쳤다.

치료를 받은 분 중에는 장관급인사. 금융기관 수장 등도 포함되어 있다. 동생은 이름이 알려져 일본에까지 한 번씩 다녀오기도 했다. 그러나 영업행위는 할 수 없기에 궁핍한 나날을 보냈다.

여기서 언급할 것이 있다. 1979년 12·12사태가 일어난 후 전두환 정권이 들어서면서 침구학계가 들썩인 적이 있다. 당시 아프리카 국가에서 한국의 침술사를 1000명 정도 요청을 했던 것이다.

천명기 보사부장관은 침술사 독립을 약속하기도 했다. 그러나 그것은 무위로 끝나고 말았다. 양의사와 한의사의 강력한 반대에 부딪치고 만 것이다. 그 후로 이 문제는 지금도 논의마저 가로막혀 있다.

동생은 탈출구를 찾던 중 카자흐스탄을 택하였다. 불교를 선교하기도 좋고 침구사를 허용하는 국가였기 때문이다.

동생은 주중에 치료에 열중하면서 주말이 되면 곳곳을 살피는데 열중이다. 지난번에는 홍범도 장군의 묘역을 둘러보고 온 사진을 보내주고, 이번에는 만주에서 독립투쟁을 전개하다 사망한 의사(義士)들의 추모관 사진을 보내왔다.

그곳 현지인에게 들었다는 강제 이주의 사연은 눈물겹다. 1937년 스탈린이 일본과의 밀약에 의해 약 10만 명 정도가 열차로 수천만 리 떨어진 그곳에 내팽겨졌는데 그 과정에서 3만 명 이상이 얼어 죽었다고 한다.

아무것도 없는 황무지에서 날을 새우는 밤이면 폭설이 머리까지 차올라 눈도 치우지 못한 상태에서 토굴을 파고 지냈다고 한다. 그곳에 사는 고려인은 대부분이 생업을 위해 떠나 온 망명객과 독립투사 후손들. 그런 만큼 대하는 것이 각별하다고 한다. 무척이나 동족애를 느끼며 호의를 보내 준단다.

동생의 이야기를 들으며 반가운 마음을 어찌 할 수 없다.

나는 오늘도 옆에 있는 듯 가까이 들리는 동생의 목소리를 들으며 하나의 부탁을 한다. 그것은 다른 것이 아니다. 같은 한민족의 피를 받은 후손들이니 잘 대해 주라는 것이다.

"여부가 있겠습니까. 서로 돕고 잘 지내야지요. 동포들에게는 가급적 무료로 치료를 해드리려고 합니다."

"잘한 결정이네, 많이 도와주게."

그 말에 나는 또 한 번 당부를 한다.

(2016.)

잉꼬 입양

어떤 새가 부리로 쪼지 않고 깨문다고 하면 곧이들을 사람이 얼마나 있을까. 손수 겪어보지 않은 사람은 웬 뚱딴지 같은 말을 하냐며 의아해할 지 모르겠다. 처음에 나도 믿을 수가 없었으니까. 조그만 앵무새가 겁도 없이 고 작은 앙증맞은 입으로 느닷없이 손가락을 깨물며 반격하니 놀라지 않을 수가 없었다.

우선 물린 자리가 여간 따끔하지 않았다. 순간 당황할 수밖에 없었다. 딴에는 안전한 곳에다 놓아주려고 붙잡았는데 냉큼 물고 늘어지는 게 아닌가. 예사 성깔이 있는 게 아니었다. 아마도 다른 곳에서 살게 하겠다는 생각을 하지 않았다면 바늘로 찌른 듯한 아픔에 바로 마음을 바꾸고 돌아섰을지 모른다. 그렇지만 통증을 참고서 집으로 가지고 왔다.

그리고는 녀석을 위해 열심히 돌보기 시작했다. 오늘 아침 내가 베란다에 나와서 절구질을 하는 것도 그 수발의 일환이다. 모이를 마련하는 것인데 시간이 걸리는 것은 물론, 이것저것 여간 신경이 쓰이는 게 아니다. 신경 쓰는 데는 소음문제도 있다. 녀석의 울음소리는 크고 여간 시끄럽지 않다. 그래서 소음이 아래층으로 흘러가지 않도록 창문을 닫아두고 있다.

먹이는 귀리를 준비했다. 한데 이것을 사가지고 와 알갱이를 확인하니 생각보다 커서 먹일 수가 없었다. 그래서 잘게 으깨어 준다.

처음 며칠간은 조[粟]를 먹였다. 그런데 생각해보니 똑같은 것을 계속해서 먹이면 안 될 것 같아서 다른 것과 섞어 먹이기로 했다. 조류용 사료 파는 곳을 찾아보았다. 그러나 어디서 파는지 알 수 없었다. 마트에는 있나 하고 가보았으나 찾을 수가 없었다. 그래서 하는 수 없이 불편을 무릅쓰고 직접 배합하여 먹이기로 한 것이다.

나는 이 작업을 하면서 귀찮다는 생각은 하지 않는다. 오히려 즐거운 마음으로 한다. 언제 내가 이렇게 즐겁고 흥겨운 마음으로 일에 매달린 적이 있었던가. 달리 떠오르는 기억이 없을 만큼 특별한 경험이다.

잉꼬는 열흘 전쯤 들여놓았다. 달랑 한 마리로, 외톨이인 것은 따로 구입을 하지 않고 우연히 길거리에서 가출한 녀석을 잡아왔기 때문이다. 몸집은 작고 수수한데 분류상으로는 사랑앵무이다.

녀석은 짐작컨대 어느 집에서 조롱을 박차고 탈출을 한 것 같다. 그래서인지 녀석은 내가 다가가자 안절부절못했다. 날개를 펴서 날아갈 생각은 않고 자꾸만 움츠리며 후미

진 곳으로 몸을 피했다. 무엇에 걸린 듯이 허둥댔다.

그런 녀석을 외출했다 돌아오며 우연히 발견한 것이었다. 나는 눈에 띄자 이것저것 돌아볼 틈도 없이 얼른 덮쳐서 잡았다. 털 색깔이 노랑과 파란색으로 배합이 된 것이 아름답게 보이기도 했지만 그대로 두면 죽을지도 모른다는 생각이 앞섰다. 그렇지만 그때는 장기적으로 키워볼 생각은 추호도 없었다.

그런데 손에서 탈출을 하려고 손가락을 사정없이 깨물며 반항을 하는 걸 보고서 생각이 달라졌다. 내가 무서워서 그런 것 같은데, 그렇다면 내가 나쁜 사람이 아니며, 어디까지나 너를 살려주려고 그런다는 걸 보여주고 싶었다.

극렬한 반항이 오히려 보호본능을 자극했다고나 할까. 아무튼 녀석이 사정없이 깨문 자리는 마치 바늘로 쑤신 듯 따끔거렸다. 녀석은 거기에 그치지 않고 갈고리 진 발가락으로 옷소매를 붙들고 늘어지기까지 했다.

모양은 깜찍하나 성격은 지극히 까칠한 터프가이, 맹수 기질을 지닌 녀석이었다. 그러고 보니 입모양이 예사롭지 않았다. 흔히 선입견상 매부리코를 보면 성깔 있는 사람으로 보이듯이 여간 사나워 보이지 않았다. 발 모양 또한 사냥감을 움켜쥐기에 안성맞춤으로 보였다.

아무튼 나는 보호해주겠다는 마음을 일단 먹었음으로 조심스레 다루면서 집으로 향하였다. 그런데 오는 동안에 보니 그 작은 심장이 팔딱거리며 체온이 손끝에 전해오는데 느낌이 신비로웠다. 그걸 느끼니 오만가지 생각이 스쳤다.

'내가 언제 이런 생명체를 이렇게 끌어안아본 적이 있었던가. 그리고 작은 생명체를 두고 이토록 따스함을 느껴본 적이 있었던가.'

생명의 경외까지는 아니더라도 특별한 느낌으로 다가왔다. 아직은 겨울이 끝났다고는 하지만 입춘 전으로 날씨가 차가운데, 그래서인지는 몰라도 따스한 체온이 더 진하게 느껴졌다.

나는 처음 며칠은 보관할 곳이 여의치 않아 빈 상자에다 넣고서 망을 씌워 두었다. 그리고선 물부터 주었다. 그랬더니 낯을 가리지 않고 허겁지겁 목을 축이는 게 아닌가. 그래서 얼마나 배가 고플까 싶어서 마트에 달려가 조를 사다 넣어 주었다. 바로 먹기 시작했다. 며칠을 굶주림에 시달렸던 게 분명했다.

내가 허접한 상자를 버리고 새집을 사온 것은 그로부터 며칠 후다. 새로 사온 새장에 넣어두니 녀석의 맵시가 한결 나아보이고 활기차게 날갯짓을 했다. 그것을 보면서 이번에는 다른 모이를 먹여야지 하고 준비를 한 것이다.

집에 새 한 마리가 들어오니 분위기가 확 달라진 것 같다. 정적인 것들만 있는 거실에서 살아 숨 쉬는 것이 활동하니 활기가 넘치는 기분이다. 이것을 보면서 누구보다 장기 와병중인 아내가 반기며 좋아한다.

녀석의 움직임을 쫓으며 표정이 한결 밝아 보인다. 나는 이 잉꼬를 생각하며 여러 것을 떠올린다. 길바닥에서 주워왔으니 업둥이가 분명한데, 그렇다면 이 또한 인연이 아닐까.

녀석을 들여다보며 잘 키우리라고 다짐을 해 보는데, 오늘 아침 아내가 뜻밖의 제안을 한다. 한 마리를 더 사다가 짝을 맞춰주라는 것이다. 한 마리만 있으니 보기에 외로워 보였던 것 같다.

그 말을 들으니 생각하기는 싫지만 어떤 생각이 문득 스친다. 혹여 자기가 세상을 먼저 뜨고 나면 혼자 남을 내가 저모양이 아닐까 하고 걱정하는 심정을 내비친 것이 아닐까.

그나저나 그 일은 훗날의 일이고, 모처럼 아내의 부탁이니 짝을 맞춰 줘야 할 것 같다. 그래서 숙제가 하나 남았다. 하지만 그것은 쉬운 일은 아니다. 우선은 집에 있는 녀석이 암컷인지 수컷인지도 모르겠고, 새를 파는 곳을 수소문하는 것도 문제이다.

그렇더라도 부탁은 들어 주어야 하리라. 깊은 뜻은 모르지만 여하간 짝을 맞춰놓으면 우선은 부탁을 들어준 일이 되기 때문이다. 나중에야 비로소 아내의 깊은 심중을 헤아리게 될지는 모르지만.

(2015.)

알고는 편히 부르지 못할 노래

해마다 오월이 오면 광주는 신열을 앓는다. 생각할수록 끔찍하고 다시는 떠올리기도 싫은 5·18이 이 달에 들어있기 때문이다. 그렇지만 잊고 싶어도 오월이 되면 찢긴 상흔과 아픔이 어김없이 떠오른다. 한데 근자에는 그런 아픔보다도 행사장에서 부르는 노래 선곡이 문제가 되어 갈등을 빚고 있어 안타깝다. 그 중심에 있는 것이 바로 〈임을 위한 행진곡〉이다.

사랑도 명예도 이름도 남김없이/ 한평생 나가자던 뜨거운 맹세
동지는 간데없고 깃발만 나부껴/ 새날이 올 때까지 흔들리지 말자
세월은 흘러가도 산천은 안다/ 깨어나서 외치는 뜨거운 함성
앞서서 나가니 산자여 따르라/ 앞서서 나가니 산자여 따르라

백기완의 시를 참고하여 황석영이 작사를 한 것으로 알려진 가사다. 문제가 된 것은 보훈처에서 기념곡으로 부르기엔 가사가 적절치 않다 하고, 시민단체에서는 이 이상 당시의 상황을 적실하게 표현한 노래가 없다고 주장하여 팽

팽한 줄다리기를 하고 있어서다.

그러나 이 노래 가사 속에는 문제가 된 다른 시나 다른 노랫말에 비해서는 적어도 불순한 의도는 담겨있지 않다는 판단이다.

한때 어느 유명시인의 〈국화 옆에서〉라는 시가 교과서에 실려서 국민애송시로 평가받았다. 그러나 이 시는 어느 평론가의 집요한 문제 제기로 인해 교과서에서 끌어내려졌다. 이유는 이 시가 일제 천황을 찬양하는 시인데 교묘하게 분장되었다는 것이었다. 천황가의 문장이 국화인 점을 생각하면 어렵지 않게 진의가 드러난다는 것이다.

일송정 푸른 솔은 늙어 늙어갔어도/ 한줄기 해란강은 천년 두고 흐른다/ 지난날 강가에 말 달리던 선구자/ 지금은 어느 곳에 거친 꿈이 깊었나

윤혜영이 작사하고 조두남이 작곡한 이 노래도 문제가 있다고 한다. 누구나 독립운동가의 지난한 삶을 떠올리며 좋아하는 노래인데 탄생 배경은 그렇지 않다는 것이다. 구국일념에 불탄 애국지사의 불굴의 기상을 나타내고 있는 노래가 아니라 그 반대로 독립군을 검거하는데 종사한 친일매국노들이 말을 타고 활약한 것을 찬양한 노래라는 것이다.

일찍이 작사자와 작곡자가 친일파임을 모르고 호의적으로 넘긴 것이 탈이 된 것이다. 그 사실이 뒤늦게 밝혀지자

허탈해 하고 당황했다. 비단 나만이 느끼는 배신감은 아니었을 것이다. 배우는 학생, 소시민들이 느끼는 울화는 보지 않아도 명약관화하다.

한데 그런 줄도 모르고 회식자리나 품격 있는 모임에서 불러 재치곤 했으니 얼마나 줏대 없는 짓이었는가. 그 노래를 부르는 순간만은 애국자가 된 듯 벅차오르는 감회를 느끼곤 했는데 분별없는 사람의 의식에 놀아난 것이다. 친일파의 독립운동가 검거를 위해 찬양한 노래였다니 얼마나 체통 없는 짓을 한 것인가.

그런데 근자에 나는 또 다른 새로이 밝혀진 어떤 유명 대중가요의 숨은 사연을 접하면서 경악하지 않을 수가 없다. 노래는,

두만강 푸른 물에 노 젓는 뱃사공/ 흘러간 그 옛날에 내 님을 싣고/ 떠나간 내님은 어데로 갔소/ 그리운 내님이여/ 그리운 내님이여 언제나 오려나

바로 이 곡, 언론 보도에 따르면 이 노래는 가수 김정구가 불러서 공전의 히트를 친 것이다. 그런데 이 노래가 남로당 거물 박헌영을 그리며 만들어진 노래라지 않는가. 이것은 그의 아들 원경스님이 아버지를 기리며 〈만화 박헌영〉이라는 전집을 내면서 밝혀진 것이다. 그 아들의 증언이니 틀리지 않을 것이다.

한데 '그리운 내님이여. 그리운 내님이여' 하고 목청껏 곡조를 뽑고 생각 없이 지냈으니 얼마나 황당한가. 역사의 비극은 세월이 많이 흘렀다고 해서 미화될 수는 없다. 그는 지하당을 구축하여 애먼 젊은이들을 끌어 모아 죽음으로 내몰았다. 여순사건의 가담자, 6·25전쟁 시의 좌익들이 그의 영향을 받았다고 해도 과언이 아니다. 거기다가 검거작전을 펴고 수습을 하느라 국토는 얼마나 피폐해지고 민심이 이반되었던가.

이 노래는 그가 블라디보스토크 감옥에 갇혀있을 때 정신이상자 칭병을 하여 탈출을 했는데 이 일을 기념하여 만들어졌다는 것이다. 기사는 다른 에피소드도 전하고 있었다. 박헌영을 곁에서 도운 김소산(김정진)이라는 여성이 있었는데 그를 백석의 연인 자야(김영한)가 돕고 있었다고 한다. 그런 인연으로 나중에 요정 대원각은 자야에게 넘어가게 되고 훗날 법정스님을 통해 시주를 하여 길상사로 태어나게 되었다는 것이다.

이런 것을 보면 노래 가사도 문제가 있으면 짚어야겠지만 노래의 탄생배경도 잘 살펴서 심의를 해야 하지 않을까 한다. 본의가 아니더라도 생각 없이 부르다가는 애국자를 욕보이거나 민족반역자를 찬양하는 우를 범하는 게 아닌가. 그런 의미에서 이 노래들은 알고는 부르지 못할 노래가 아닌가 한다.

(2015.)

역지사지

요즘 나의 머릿속에는 화두 하나가 마치 똬리를 튼 뱀처럼 자리를 잡고 있다. 뭔고 하니 역지사지 문제이다. 한데, 이 말의 한자표기가 여간 헷갈리는 게 아니다. 사전을 찾아보면 거의 7할은 '易地思之'로 나와 있고, 나머지 3할은 '易之思之'로 돼 있는 것이다. 후자의 대표적인 예는 삼성출판사 발행, 우리말 큰사전과 인터넷 사전이며 그밖에 사전들은 대체로 전자를 따르고 있다. 다시 돌아와서, 내가 서두를 이렇게 꺼낸 진의는 다른 데 있지 않다.

어떤 일에 대해 정말로 역지사지의 마음으로 헤아려보고 그렇게 되었으면 좋겠다는 바람을 가지고 있는 것이다. 그런 까닭에 요즘 나는 통 다른 것은 관심이 없고 오직 한 문제만을 생각하며 정신을 집중하고 있다. 청각장애 아동을 수용하는 시설의 갈등 해소 문제인데, 이게 여간 마음에 걸리지 않는 것이다.

그 때문이겠지만 어젯밤에는 어떤 연속극을 보는데 대화 중에 어느 대목이 번쩍 귀에 들어왔다. 주인공 혜인이 아버지가 장기웅이라는 청년에게 "자네는 남을 도와주기를 왜 그렇게 좋아하나?"라는 물음에 그의 대답이다.

"네, 저는 무슨 일이 일어나면 일단 처지를 바꿔놓고 생각하는 버릇이 있거든요. 그래서 그렇게 한 겁니다."

이건 다른 것이 아니다. 폭발사고 현장에서 자기 몸을 아끼지 않고 구조에 매달리느라 옷가지가 엉망이 된 그에게 "굳이 그렇게까지 할 필요가 있었느냐."라는 물음에 답변한 것이었다. 요즘 인기리에 방영이 되고 있는 〈별난 여자 별난 남자〉라는 드라마 속의 대화이다.

내가 이 역지사지의 문제를 골똘히, 그러면서도 절실하게 생각하게 된 것은 다른 게 아니다. 어떤 광경을 목격했는데 너무나 안타까웠다.

그 일은 며칠 전으로 거슬러 올라간다. 그 날 산책하러 나가면서 보니 마을 어귀에 웬 낯선 신축 건물이 한 채가 보이고 그 전면에는 현수막이 내걸려 있었다. 처음엔 그걸 보면서 건물주가 자축의 의미로 내걸어 놓았나 보다 생각했다. 그런데 내용은 그게 아니었다.

'우리 주민은 절대로 농아시설이 들어서는 것을 받아들일 수가 없다'라고 쓰여 있고 그 밑에 누구 혼자의 의견이 아니라는 듯 '마을주민 일동'이라는 작은 글씨가 적혀 있었던 것이다. 그러니까 그 현수막은 마을에 농아시설이 들어선 것을 좋지 않게 여긴 주민들이 입주를 반대하는 시위용 현수막이었다. 그걸 보니 그간에 진행되던 일련의 일들이 스쳐갔다. 몇 차례 지나면서 보니 처음에는 닦여진 부지 위에 '다용도주택'이라는 푯말이 꽂혀 있어서 그때는 그냥 그런 게 있나 보다 하고 지나쳤다. 주변에서 수화로 대화를 나누는 사람이 보였으나 특별히 눈여겨보지도 않았다.

그다음에 지날 때는 마을회관 앞에 주민이 모여서 웅성거리고 있었다. 그러면서 얼핏 들으니, "마을을 버리는 거요. 절대 못하게 막아야 돼." 하는 말이 들렸다. 그러니까 이미 마을 주민이 그 '다용도건물'이라는 게 무슨 용도인지를 알고서 설왕설래를 하는 것 같았다. 그렇지만 그때까지도 무슨 행동은 취하지 않았다. 그런데 마침내 건물이 완공되고 입주를 서두르니 거부감을 표출한 게 분명했다. 건물 앞에는 시위하는 사람은 보이지 않았다. 오히려 사람들은 건물 안에 있는데, 유리창 문 안쪽에서 다소 겁먹은 표정으로 바깥을 내다보고 있었다. 입주자들이었다.

그걸 보니 북한이탈주민의 모습이 겹쳐 보였다. 그들이 정착하기 전 임시 보호 상태에서 잔뜩 긴장하며 호기심 반 우려 반으로 외부의 동태를 살피는 모습과 같이 꼭 그러했기 때문이다. 아마도 자기들 장래가 앞으로 어떻게 될 것인지, 우려하는 눈빛이었다.

나는 바깥의 상황을 살피는 눈동자와 눈이 마주치자 안쓰러움이 불현듯 밀려왔다. 그러면서 '저들이 자기들을 배척하는 사람들을 얼마나 원망하고 있을까.' 하는 생각이 스쳤다. 그렇지 않아도 의기소침해 있는데, 자괴감은 또 어떠할 것인가 하는 생각을 떨칠 수가 없었다.

제삼자의 입장이지만 꼭 이래야 하는 것인가 하는 안타까운 생각이 가슴을 압박해 왔다. 청각장애아들이 아무런 사실을 모르고 있다면 모를까, 그들이 뻔히 보는 앞에서 벌이는 이런 시위가 얼마나 잔인한 것인가.

문득 법구경(法句經)의 한 대목이 뇌리를 스쳤다.

"거친 말을 하지 말라. 그 말은 반드시 네게로 돌아온다. 악(惡)도 화(禍)도 모두 오고 가며 보복의 지팡이는 네 머리를 내리친다."

다른 말이 아니다. 사람은 입(口)으로 짓는 업(業)이 있는데, 이 구업(口業)의 악업(惡業) 중에서도 제1 악구(惡口)가 험한 말을 하는 것이라는 거다. 그렇다면 이 현수막이야말로 악구 중 악구가 아닌가.

생각해 보면 이곳에 터 잡고 사는 사람들도 그들을 괄시할 입장은 아니다. 자기들도 외곽지대에 밀려나 사는 사람들이 아닌가. 왜 역지사지를 생각해 보지 않을까. 그런 안타까운 마음 때문에 요즘 나는 이게 화두가 되어 생각이 골똘해지면서 가슴에 무거운 돌덩이를 올려놓은 것처럼 마음이 답답하기만 하다.

(2007.)

서취량(鼠取量) 이야기

직장생활을 할 때는 그런대로 부족함 없이 따박따박 나오던 봉급이 이제는 퇴직을 하니 연금으로 바뀌어 나오는데 마치 7,8월 은어 배곯듯 줄어든 액수여서 성이 차지 않는다. 앉아서 받아쓰는 돈 치고는 그도 감사할 일이나, 매양 똑 같은 액수는 아쉬움을 느끼게 한다. 해서 매달 한 번씩 은행에 나가 통장을 확인할라치면 예전 분기마다 받아들던 두둑한 보너스가 새삼 그리워진다.

재직 시는 그 목돈이 얼마나 단비 같았던가. 큰 액수는 아니었지만 그것으로 밀린 책값이며 사고 싶은 것들을 눈여겨보았다가 살 수가 있었다. 그런데 지금은 빠듯한 액수이다 보니 통 여유가 없어서 아쉽다. 목돈 들어가지 않도록 매사를 조심조심 살얼음판을 걷듯 하지 않으면 아니 된다. 그러니 도무지 무얼 저지를 형편이 못 된다.

그런지라 노상 아쉽고 그리운 게 보너스이다. 이 보너스의 매력은 뭐니 뭐니 해도 공돈처럼 느껴지는 넉넉함에 있다. 그래서 보너스를 받으면 좀 무리해서 외식도 하게 되고 가족들의 옷가지도 살 수 있었다. 그 외에도 그냥 여유분을 지니고 있는 것만으로도 마음이 든든했다. 그것이 비록 채 백만 원이 넘지 않는 액수라고 해도 부자처럼 느껴졌다. 그런데, 지금은 그것을 기대할 수 없으니 여간 아쉬움이 큰 것이 아니다.

직장인에게 성과급 성격의 보너스가 도입된 것은 그리 오래 된 일이 아니다. 우리나라가 한참 중공업 입국을 부르짖으며 장치산업을 일으키던 때였으니 불과 30년 남짓이다. 하지만 성격은 조금 달라도 보너스의 개념은 이미 오래 전부터 거래나 생활 속에서 자리 잡고 있었다.

시골 오일장에 나가 물건을 거래하자면 으레 덤으로 반 됫박, 혹은 물건 몇 개는 더 올려주는 전통이 있었던 것이다. 그러나 내가 정말 '이것이 보너스다'라고 생각하고 경험한 것은 공직생활 초기다. 그때가 1970년 초로, 신참으로서 방위병 업무를 보던 때인데, 본서로 방위병에게 야식으로 먹일 급식을 지급 받으러 가면 으레 여유분을 얹어주었다. 그래서 야박하지 않게 사람의 머릿수보다 한두 박스를 얹어왔다.

이것을 통상적으로 '서취량(鼠取量)'이라고 했다. 즉, 쥐가 먹어 없어진 것을 보충한다는 뜻이었다. 하지만 어디 꼭 쥐가 먹어서 없어진 분량이겠는가. 당시만 하여도 라면은 특식이다 보니 더러 손을 탔다. 창고에 넣어두고 간수를 잘 해도 야간이면 당직 근무자가 한 개씩 꺼내서 먹거나 외부로 유출시키기도 했던 것이다. 그것을 보충해 주는 것이다.

그러하지 않으면 매일 밤 해안초소에 나가 근무를 서는 방위병들의 급식에 당장 부족한 사태가 일어날 것이 아닌가.

나는 그 서취량 말을 처음 듣고는 의아해 했다. 그러나 그 의미와 진의를 알고는 감탄하고 말았다. 생각할수록 사려 깊고 배려가 깃든 말이었던 것이다. 비록 한문 투의 말이긴 하지만 그럴싸하지 않는가. 차제에 이 말이 나와서 하는 말이지만 내가 공직생활을 할 때만 해도 어렵고 생소한 말이 많이 쓰였다. 가령, 소가 우리를 뛰쳐나갔다는 말도 보고서로는 '축우일주사건(畜牛一走 事件)'이라고 하고, '그렇다면'이라는 쉬운 말을 두고서 굳이 '연(然)이면'을 고집했다. 그러니 쥐가 먹었다는 뜻의 '서취량'도 거부감 없이 일상적으로 썼던 것이다.

한편, 그 말이 생긴 데는 또 다른 연유가 있음을 알 수 있다. 어렸을 적에 보면 흔히 어른들 사이에서 도둑을 일러 '인쥐'라 했는데, 그것과도 맥이 닿아 있는 것이다. 어렸을 적이면 어른들은 흔히 "어떤 인쥐가 손을 댔는지 없어지고 말았네." 또는 "어느 인쥐의 소행이겠지."라고 말했던 것이다. 한데 가만히 생각해보면 이 말 속에는 그야말로 배려의 마음이 듬뿍 담겨 있음을 알 수 있다. 설령 누구 짓인지 들통이 나더라도 직접 '도둑'으로 몰지 않고 용서해 준다는 뉘앙스가 풍겨나는 것이다.

실제로도 범인을 알아내고서도 눈감아 버린 일이 많았다. 그런 것을 보면 먹을 것 훔치는 것만큼은 눈감아 준 인정이 있었음을 알 수 있다. 그나저나 흐르는 세월은 참으로 빠르다. 내가 퇴직한 지도 벌써 후딱 수년이 지났다. 지금도 그러한 용어가 여전히 쓰이는지 모르지만, 생각 같아서는 비록 한문 투의 말이긴 하지만 여전히 인정이 스민 용어로 계속 사용되었으면 하는 바람이다. 국민편익을 위한 행정적 측면에서도 그렇고 원론적인 면에서 펼치는 행정은 어디까지나 인간미가 있어야 하며, 그러기 위해선 배려 또한 절실하다는 생각 때문에서다.

그렇잖아도 세상인심이 얼마나 날로 야박해져 가는가. 정확성을 따지는 분야라면 몰라도 사람이 부대끼며 사람냄새를 풍기면서 사는 현장에서는 인간미 넘치는 맛도 조금은 있어야 하지 않겠는가.

일전에 공무 시간의 한계를 두고, 어디까지가 경계인가에 대한 이색적인 판결이 난 걸 보았다. 내용인즉슨 '일반주택은 집에 들어서는 순간이라는 칼날 같은 판정이었다. 그걸 보면서 해보는 생각은 엄격성을 따져야 하는 법에서야 의당 그럴 수밖에 없고 그래야 하겠지만 그러나, 대민행정을 펼치는 곳에서는 좀 융통성을 가져야 하지 않을까 싶었다.

예컨대, 이런 것을 상정해서이다. 가령 기초생활 수급자가 입원을 할 경우 불가피한 사정으로 퇴실이 어려울 때는 며칠의 말미를 준다거나, 시골의 농가에 어디서 양귀비 씨가 날아와 자기도 모르는 사이에 뒤란에 떨어져서 자라날 경우에 처벌을 유예하는 것들이 그것이다. 양귀비의 경우 당국에서는 세 그루가 넘으면 예외를 두지 않고 처벌을 하는데 저 먼 중국으로부터도 날아오는 일이 있기 때문이다.

규제와 의법 조치는 그러한 융통성의 잣대가 필요하지 않은가 한다. 옛날 말단 일선에서 없어진 물량을 서취량으로 적용할 때처럼 아량을 베푼다면 고단한 삶이 한결 훈풍이 돌 것이 아닌가. 그런 뜻에서 '서취량'의 용어는 한 시대의 행정용어로서 아주 여유 있고 도량 넓은 행정의 표본이 아니었던가 한다.

(2004.)

어째서 노인장은 울고 계시오

　수개월 전 돌아가신 모친 생각 때문인지 누구로부터 효도 이야기를 들으면 후회가 막급해진다. 당신 살아생전, 효도는커녕 너무나 힘든 일만 시켜드린 것이 못내 죄스러워서다. 아무리 당신께서 자식의 딱한 형편을 알고 외면할 수 없어서 자청하신 일이라고는 하지만 꼭 힘든 일을 시켜드려야만 했는가. 이 못난 자식은 당연하다고만 여겼지 말리지도 않았던 것이다. 그러니 얼마나 불효를 저지른 것인가.

　돌아가시기 전에는 문중 대종회에서 '장한 어머니상'을 받기도 하셨지만 알고 보면 그것도 부끄럽게도 못난 자식이 고생만 시켜드린 보상이었으니, 아무리 그 상이 집안의 광영이라 한들 불효의 징표가 틀림없으니 두고두고 죄스러운 자책감만 들 뿐이다.

　얼마 전이다. 친구로부터 효도 이야기를 들었다. 자기 증조모께서는 고조모가 병석에 눕자 고기를 해드릴 형편이 못된지라 당신의 허벅지 살을 떼어서 국을 끓여드렸다는 것이었다. 소위 할고공친(割股供親)의 효도를 행했다는 것이다. 그 말을 들으니 그 근처에는 물론 먼발치도 얼씬거릴 수 없는 나로서는 그저 경이롭게만 들릴 뿐이었다.

그러한 푼수에도 나는 주변에서 누가 효도를 했다는 말을 들으면 관심을 가지고 귀를 쫑긋 세우곤 한다. 전에 세종대왕이 민정시찰을 하던 중 목격했다는 이야기도 그래서 기억하고 있다.

하루는 대왕이 미복차림으로 민심을 살피려고 어느 민가를 방문했는데 그 집에서는 아주 희한한 일이 벌어지고 있었다. 노인이 잘 차려진 상 앞에 앉아있는데, 아들은 상복을 입고 음식을 권하고, 머리를 깎은 며느리는 춤을 추고 있었던 것이다. 그런데 노인은 또 훌쩍훌쩍 울고 있는 게 아닌가. 궁금하여 그 연유를 물었다.

"보아하니 오늘은 좋은날 같은데, 어쩌서 노인장은 울고 계시오?"

노인을 대신하여 아들이 대답을 했다. 실은 3년 전 모친상을 당하여 아직 상복을 벗지 못했는데, 부친 환갑을 맞게 되었다는 것이다. 어려운 형편에 변변한 생일상을 차릴 수 없어 아내가 머리카락을 잘라 음식을 장만하고, 자기는 상복을 입은 채로 접대를 하는 중이라는 것이었다. 그러면서 말하길 "아내가 수건을 쓰고 춤을 추는 것은 머리를 감추느라 그런 것이고, 부친이 우는 건 그런 사정을 모를 리 없어서 그런 겁니다."라고 했다.

임금은 속으로 크게 갸륵하게 생각하고 선비에게 그 자리에서 한 가지 제안을 했다. "내 지나면서 방(榜)을 보니 나라에서 별시를 실시한다고 나붙었던데 한번 응시해 보시오.” 이렇게 권유를 하고 자리를 떴다.

선비는 좋은 정보를 얻었다고 생각하고 일러준 날짜에 맞추어 과장에 나갔다. 한데, 과제를 펼쳐지는데 보니 신기하게도 ‘喪家僧舞老人哭(상가승무노인곡)’이 아닌가.

그는 금방 눈치를 챘다. ‘그분이 출제를 했구나.’ 확신이 서자 막힘없이 답안을 써내어 거뜬히 급제했고 벼슬길에 나가게 되었다.

그런 벼슬길은 아니지만, 나는 어제 뜻밖에도 친구로부터 과거가 아닌, 좋은 글감이 될지도 모르니 참고하라며 서류뭉치를 하나 받았다. 펼쳐보니 자기 선친의 효행을 기록한 글인데, 응할 응(應)에 매 응(鷹)자를 써서 〈응응지효(應鷹之孝)〉라는 제목이 붙어 있었다. 이는 즉, 매가 감동을 하여 잡은 꿩을 떨어뜨려 주었다는 것으로 〈보성향토사〉에 기록되어 전하는 걸 복사한 것이었다.

내용은 이러하다. 친구의 선친(宣漢振 어른)께서는 가난한 살림살이에도 불구하고 노모를 극진해 모셨다. 근근이 산판일을 하며 살아가던 중에, 6·25전쟁이 일어나자 생계가 막혀 버렸는데도 모친 봉양을 게을리하지 않았다. 그런 노모는 고깃국에 쌀밥을 먹어보는 것이 늘 소원이었다. 아들은 노모에게 드릴 좋은 먹을거리를 구할 수 없을까 하고 어느 날 산 속을 헤매었다. 한데 며칠 배를 곯은데다 피로가 쌓인 바람에 그만 깜박 정신을 잃고 쓰러지고 말았다.

그런데, 진즉부터 창공을 맴돌던 매 한 마리가 가까이 다가오더니 느닷없이 꿩 한 마리를 떨어뜨려 주는 것이었다. 당신은 감지덕지 여겨 집에 가져와서는 모친에게 맛있게 고깃국을 끓여 드렸다. 이를 두고 사람들은 효성이 지극하니 미물인 매도 감복을 해서 꿩고기를 내주었다고 했다.

정성이 지극하면 하늘도 감동한다는 말 그대로의 '지성일기통천(至誠一氣通天)'이었던 것이다. 그런 조화가 아니라면 어찌 억센 발톱에 붙들린 꿩이 땅에 떨어질 수 있을 것인가. 세상을 살다보면 이런 극적인 일도 일어나는 것 같다. 아무튼 예사로운 일이 아님은 분명하다.

나는 학창시절에 그런 친구의 아버지를 몇 차례 뵌 적이 있다. 그때는 평범한 촌로라서 그런 효행을 상상도 못했다. 단지 그때 인사를 드리면 무척이나 반겨주시던 모습이 선하다.

이런 극적인 상황이야말로 옛날 중국의 맹종이란 사람이 어머니가 한 겨울에 죽순이 먹고 싶다고 해서 대밭에 들어서니 눈만 쌓여있어서 울고 있었더니 갑자기 눈 속에서 죽순이 솟았다는 내용처럼 감탄할 일이 아닌가.

아마도 기특한 효행들이 각별하게 느껴지는 것은 변변한 효도 한 번 해드리지 못한 안타까움 때문인지 모른다. 그래선지 나는 친구가 전해준 자료를 읽고서도 한동안 그것을 손에서 내려놓지 못하고 있었다.

(2009.)

임병식 연보

1946년 음력 9월 초하루, 전남 보성군 득량면 마천리 864번
        지에서 6남매 중 차남으로 출생(부 林甲洪, 모 金正壬)
1954년 아홉 살에 6km 떨어진 득량초등학교에 입학
1956년 고향 가까운 곳에 설립된 분교로 전학
1959년 분교가 승격한 득량서초등학교 졸업
1960년 보성중학교 입학
1963년 가정형편상 진학을 포기하고 서당에 다님. 독서와 글
        쓰기에 몰두. 교사였던 사촌형님으로부터 〈사상계〉
        50여 권을 입수하여 탐독(연재물 〈나무 비탈에 서다〉
        〈북간도〉 등 애독)
1964년 보성농업고등학교 입학. 본격 글쓰기. ≪학원≫지에
        본격 투고하며 학원문학상 2회 입선을 비롯한 서라
        벌예대, 동국대, 조선대 등의 작품공모전에 산문작
        품이 각각 당선됨
1967년 군 입대
1970년 전역 후 침구사가 되기 위해 '한국현대침구학연구회'
        에서 수학(수료증서 제795호)
1970년 경찰에 입문
1973년 결혼(아내 崔桂心)

1974년   장남 출생(宙煥)

1976년   차남 출생(起煥)

1978년   정음출판사 주관 경찰가족 수필공모 최우수상 수상 이후 경찰관련 잡지와 신문에 꾸준히 칼럼 투고

1989년   ≪한국수필≫ 등단. 통상 2~3년의 추천과정을 거치는데 작품쓰기가 완숙단계에 이르렀다는 평가를 받고 6개월 만에 추천 완료

1990년   첫 수필집 ≪지난세월 한허리를≫ 발간. 최초로 지방에서 출판기념회를 가짐

1991년   한국문인협회 여수지부장 취임

1993년   수필집 ≪인형에 잘 받고≫ 출간

1995년   수필집 ≪동심으로 산다면≫ 출간

2002년   수필집 ≪당신들의 사는 법≫ 출간

2003년   제 21회 한국수필문학상 수상. 경찰공무원 정년퇴임 (33년 복무). 전남 최우수 지파출소로 선정되어 전 직원이 본청장 표창을 모두 받게 됨

2007년   수필실기 이론서 ≪막 쓰는 수필 잘 쓰는 수필≫ 출간

2009년   수필집 ≪방패연≫ 출간

2010년 수필집 ≪아름다운 인연≫ 출간

동년 문화예술위원회 창작지원금 받음. 임병식 문학

도서관 카페 개설. 여수·순천·광양을 아우르는 동부

수필문학회 창립 주도

2011년 지원금으로 수필집 ≪그리움≫ 출간

2014년 전남문학상 수상

2015년 수필집 ≪꽃씨의 꿈≫과 ≪수석이야기≫ 발간. '꽃씨

의 꿈'으로 제12회 한국문협작가상 받음

2016년 수필실기 이론서 ≪수필의 길라잡이≫ 발간. 80년대

6인 수필선집 ≪여섯 빛깔 숲으로의 초대≫ 출간